Manlief

Daphne Deckers

Manlief

Over mannen, seks en relaties

TIRION

Dit boek is gepubliceerd door
Tirion Uitgevers BV
Postbus 309
3740 AH Baarn

www.tirionuitgevers.nl

Omslagontwerp: Hans Britsemmer, Kudelstaart
Omslagfoto's: Nick van Ormondt
Haar en make-up omslagfoto's: Elles Nijkamp voor Shiseido
Vormgeving binnenwerk: Mat-Zet BV, Soest

ISBN 978 90 4391 207 5
NUR 401

Eerste druk oktober 2008
Tweede druk november 2008
Derde druk december 2008
Vierde druk december 2008
Vijfde druk december 2008

De columns in deze bundel zijn eerder verschenen in *Reader's Digest* en *TV-Weekeinde*, de zaterdagbijlage van *De Telegraaf*.

Inhoud

Voorwoord

Eén van mijn lievelingsonderwerpen is het intrigerende spanningsveld tussen mannen en vrouwen; daar raak ik al jaren niet over uitgepraat. Dus ik dacht: laat ik mijn beste columns over dit onderwerp eens bundelen – en dat is *Manlief* geworden.

Bij deze selectie zitten ook stukjes die ik al enige tijd geleden heb geschreven. Zo kan het gebeuren dat mijn kinderen in sommige columns nog op de crèche zitten, dat Hillary Clinton nog aan haar presidentiële campagne bezig is, dat Anna Nicole Smith nog leeft en dat ik schrijf dat ik al een tijdje geen tv-programma heb gepresenteerd.

Mensen veranderen en levens nemen een andere wending, maar één ding zal altijd hetzelfde blijven: de vrouwelijke fascinatie voor mannen, seks en relaties. Geniet van deze bundel, en natuurlijk van je eigen manlief!

Lovebird

Een parkiet heet in het Engels een 'lovebird', omdat de bontgekleurde vogeltjes schijnbaar eindeloos met een en dezelfde partner kunnen tortelen. De oude Grieken en Romeinen zagen de parkiet dan ook als hét symbool van huwelijkse trouw. Ook de biologen van nu rekenden de parkiet tot de (zeer weinige) monogame dieren. Tot de opkomst van de DNA-test. Toen bleek al snel dat de vrouwelijke parkieten weliswaar met één mannetje levenslang een nestje deelden, maar dat behoorlijk wat eitjes door andere mannetjes waren bevrucht. Niet dat we medelijden hoeven te hebben met de mannelijke parkiet: die sekst ook vrolijk buiten de deur, om daarna weer tevreden in zijn 'eigen' nestje te gaan zitten. Voor dit dierlijke gedrag werd een nieuw woord verzonnen: sociale monogamie – ze zijn wel samen, maar niet trouw. De mannetjes willen hun genen over zo veel mogelijk vrouwtjes verspreiden, omdat één enkel vrouwtje slechts een beperkt aantal jongen op de wereld kan zetten. De vrouwtjes daarentegen willen graag bevrucht worden door zo veel mogelijk verschillende mannetjes, omdat dit de kans op een gezond nageslacht aanzienlijk vergroot.

De mens valt namelijk niet eens onder de monogame diersoorten

Nadat meneer en mevrouw parkiet flink de bloemetjes hebben buitengezet, kruipen zij echter graag weer bij elkaar op stok om daar blijgemoed vadertje en moedertje te gaan spelen over hun samengestelde gezin. Toen ik laatst in de krant las dat steeds meer Nederlandse vaders een DNA-test aanvragen na de geboorte van 'hun' kind, moest ik dan ook meteen aan de parkieten denken. De mens valt namelijk niet eens onder de monogame diersoorten. Zelfs de sociale monogamie is voor velen van ons een opgave van formaat – en dan bedoel ik zowel mannen als vrouwen. Uit een anoniem onderzoek in een Italiaanse geboortekliniek is onlangs nog gebleken dat een op de tien baby's niet van de officiële vader was. Alle romantische ideeën over eeuwige trouw ten spijt, is monogamie biologisch gezien tamelijk afwijkend gedrag. In de dierenwereld doen alleen zwarte gieren, termieten en prairiemuizen aan levenslange toewijding. Wij mensen dénken onszelf trouw. Onze hoogontwikkelde hersenen verdringen gevoelens van tijdelijke lust om de duurzame liefde niet te schaden. Maar of dat werkt?

We hebben ons verleden in ieder geval tegen. Volgens *National Geographic* is de vrouwelijke chimpansee, toch een naast familielid van de *Homo sapiens*, het meest overspelige vrouwtje van het dierenrijk. Zij kan binnen een kwartier met wel acht mannetjes paren. De leeuwin lust er trouwens ook wel pap van. Zodra zij loops is, verlangt ze vijf dagen lang ieder halfuur seks – dag én nacht! Het meest wellustige mannetjesdier is de dolfijn. Die probeert te paren met alles wat los en vast zit: zeehonden, haaien, schildpadden, palingen, ja zelfs mensen komen aan de beurt. Een mannelijke dolfijn gaat ook geregeld op de homoseksuele toer én hij masturbeert. Al met al houdt het dierenrijk ons een interessante spiegel voor. Dus wat te doen, wanneer je als vader zo je twijfels hebt? De mannelijke honingbij heeft daar zijn eigen oplossing voor gevonden. Zodra het beestje ejaculeert, explodeert hij. Zijn lijfje valt vervolgens dood op de grond, maar zijn geslachtsdeel blijft in de vrouwelijke honingbij zitten, waardoor zij niet meer met een ander mannetje kan paren. Nou heren, is dat wat?

De mannencrèche

Duitsland heeft na de *'Babyklappe'* (het wereldberoemde vondelingenluik) weer een nieuw fenomeen: de *'Männergarten'*. Deze mannencrèche is een groot succes in Hamburg. Mannen die door hun vrouw tegen heug en meug worden meegesleept op de zaterdagmiddaginkopen, kunnen nu in de Nox Bar voor tien euro 'overblijven'. De vrouwen krijgen zelfs een heus bonnetje waarmee ze hun echtgenoot aan het einde van de middag weer kunnen ophalen. Ik ben benieuwd hoeveel van dit soort bonnetjes per ongeluk wegwaaien. Wanneer je je volwassen vent toch alleen maar als een groot kind ziet, kun je hem maar beter meteen in de ballenbak laten zitten, toch? De internationale kranten spraken dan ook lacherig over de 'infantilisering van de man', maar eigenlijk gaat de crèchekerel gewoon terug naar de natuur. Toen ik ooit in Zuid-Afrika op safari was, zei mijn parkranger bij de aanblik van een luierende leeuw dat de vrouwtjesleeuwen al het eten bij elkaar jaagden. De mannetjesleeuw lag de hele dag met zijn eigen staart te spelen en hees zich alleen overeind wanneer een andere mannetjesleeuw zijn hangplek dreigde in te nemen.

Volgens de parkranger ging het bij heel veel diersoorten net zo. Biologisch gezien is de *Männergarten* dan ook een volkomen normaal verschijnsel. Je zou hopen dat een paar duizend jaar sociale ontwikkeling enige sporen had achtergelaten – maar nee. De vrouw sleurt zich nog steeds een ongeluk tussen de supermarkt en de slager, terwijl manlief zich laat fêteren in de Nox Bar. Voor tien euro krijgt hij daar een heus naamplaatje, twee biertjes, een warme maaltijd, spelcomputers en een groot tv-scherm waarop voetbalwedstrijden te zien zijn. Ook is er de mogelijkheid een cursus doe-het-zelf te volgen. (Let wel: hiermee wordt boren en timmeren bedoeld, want 'doe zelf de was' of 'doe zelf de boodschappen' spreekt de heren op de een

Is het moderne mannetjesdier dan echt zo onhandelbaar?

of andere manier veel minder aan.) Waarom mannen liever met hun eigen staart gaan spelen, begrijp ik maar al te goed. Maar waarom iedere week tussen de 25 en 30 vrouwen hun man naar de *Männergarten* brengen, is mij een raadsel. Is het moderne mannetjesdier dan echt zo onhandelbaar?

Over kinderen die scènes maken in volle winkels zeggen de opvoedboeken dat je ze gewoon moet negeren, anders beloon je ongewenst gedrag. De mannencrèche lijkt mij het toppunt van het belonen van ongewenst gedrag. Je gaat gewoon een beetje lopen mokken en hopla – vóór je het weet zit je achter twee bier. Volgens een veelbesproken onderzoek van de Britse psycholoog Tim Denison krijgen een man en een vrouw die samen winkelen na gemiddeld 72 minuten ruzie. Hij is het dan al helemaal zat, terwijl zij nog minstens een halfuur wil doorgaan. Want tja, de arme sukkel is van nature nu eenmaal een 'jager' die snel wil toeslaan, terwijl zij een 'verzamelaar' is die tot vervelens toe overal wil rondneuzen. Nu heb ik er niet voor doorgeleerd, maar ik denk dat het er maar helemaal aan ligt wáárop er wordt gejaagd. Ben je bijvoorbeeld ooit met een man een stereo gaan kopen? Dan praat-ie een halve dág met zo'n verkoper over WAV-files, USB, DSP, Bi-amping en DX/local. Zeg – is een *Babygarten* en een *Männerklappe* niet een veel nuttiger idee?

Olifantenslip

Qua ondergoed doorloopt de mens een mooie levenscirkel: je begint in luiers en je eindigt in luiers. Voor mannen zit daar verder niet veel tussen; zij kunnen kiezen uit een boxershort of een herenslip. Mijn kleine Alec draagt nu al het miniatuurmannenondergoed waar hij de rest van zijn leven de volwassen variant van zal dragen. Alecs ondergoed is bezaaid met draakjes, riddertjes en andere cartoontjes, maar dat mag voor een kind. Aan manspersonen boven de achttien jaar moet het ernstig worden ontraden om boxershorts te kopen met 'leuke poppetjes' erop. Want welke vrouw wordt er nu opgewonden van zo'n koddig bedoelde Bob de Bouwer-boxer? Wat wordt zij geacht te zeggen? "Oh schat, wat zie ik daar voor een grote hijskraan?" Maar ja, voor mannen is er zo weinig keus dat zij zich wellicht van de grijze massa proberen te onderscheiden met zo'n jolige 'olifantenslip', compleet met satijnen slurf en flaporen. Nee, dan de vrouwen. Toon mij uw ondergoed en ik zeg u wie u bent.

Mijn lingeriecollectie lijkt wel een overzichtstentoonstelling van mijn leven

Toen ik op de middelbare school zat, begreep ik voor het eerst dat er méér was dan de brave katoentjes die ik tot dan toe had gedragen. Dit modische inzicht werd veroorzaakt door de stijlbijbel die twee keer per jaar bij ons thuis op de deurmat viel: de Wehkamp-gids. Mijn favoriete pagina's waren de lingerie en de badmode. Dromerig hing ik boven de pikante plaatjes van die knappe jongens met hun gespierde blokjesbuiken. Wat een goedgevulde slips! Daar konden die puistenkoppen bij mij in de klas nog een puntje aan zuigen. Hoe had ik ooit kunnen weten dat ik jaren later met veel van deze jongens nog als fotomodel zou gaan samenwerken – en geconfronteerd zou worden met hun slechte adem en zweetvoeten. Helaas kwam ik toen ook al snel tot de ontdekking dat menig goedgevulde slip het resultaat was van een strategisch geplaatste wollen sok. "Grote etalage, klein winkeltje", zei de styliste dan, en propte blijgemoed een schoudervulling in de Calvin Klein.

Mijn liefde voor lingerie is altijd gebleven, maar heeft zich wel aan mijn veranderende vormen aangepast. Als achttienjarige liep ik ongegeneerd topless in een string over het strand. Na twee keer borstvoeding te hebben gegeven zou ik zonder bovenstukje nog niet dood gevonden willen worden en ook zo'n reetveter is aan mijn huidige blubberbillen niet besteed. Als ik de ondergoedlade met daarin mijn hele lingeriecollectie van de laatste tien jaar overzie, lijkt het wel een overzichtstentoonstelling van mijn leven. De kanten niemendalletjes uit mijn modellentijd en de zijdezachte cadeautjes uit mijn 'verlovingstijd' worden naadloos opgevolgd door zwangerschapsbeha's in de charmante maat F, met bijpassende slips in de al even charmante maat 'kussensloop'. Ná de bevalling volgde de seksloze voedingsbeha, die ook heel goed bleek te werken als anticonceptiemiddel: zodra ik die voedingsflappen had losgeknoopt, viel Richard lachend uit ons bed. Gelukkig heb ik deze volslagen onerotische fase van het moederschap achter me gelaten en kan ik me weer wat meer laten leiden door het frivole in plaats van het functionele. Maar wat te kiezen? Eetbare slips? Vloeibare latex? Nee, dan liever dat pratende ondergoed (met chip). Doe mij maar zo'n Wendy uit Bob de Bouwer die altijd zegt: "Dát wordt een flinke klus!"

Les in sms

Eén van de stellingen uit mijn tv-programma *101 Vrouwen* is: "De happy single bestaat niet". Daar ben ik nu dus reacties op aan het verzamelen, en gisteren heb ik een alleenstaande vrouw geïnterviewd die een interessante kwestie aanzwengelde. Zij had namelijk twee leuke afspraakjes met een *blind date* gehad en vond de man bijzonder leuk. Na het tweede afspraakje sms'te zij hem dat ze het jammer vond dat ze niet gezoend hadden. Toen was het wat hem betreft meteen over. Zoiets persoonlijks zette je volgens hem niet op de 'kille' sms. En dus bleef zij in verwarring achter met de vraag: zijn daar regels voor dan? Is er al 'dating-etiquette' omtrent sms-verkeer? Wanneer mag je sms'en? En welke tekst mag je dan versturen? En hoe zit het met e-mail? Stel, er wordt niet gereageerd op je mailtje. Mag je er dan nóg een mailtje aan wagen of ben je dan meteen een cyberstalker? Vroeger (let op, oma vertelt) had iedereen gewoon één vaste telefoon. De man van je dromen was dus thuis of niet thuis. Wanneer hij niet opnam, kon je het zonder gezichtsverlies nog een keer proberen.

Mannen hebben ook iets met knopjes. Lekker drukken op je telefoon, alle functies uitproberen

Maar met de komst van het antwoordapparaat deed ook de onduidelijkheid omtrent de elektronische omgangsvormen haar intrede. Wanneer ik bij iemand had ingesproken die mij vervolgens niet terugbelde, zat ik met de gebakken peren. Dan ging ik eindeloos het hoe en waarom van de radiostilte met mijn vriendinnen analyseren. Belde hij me niet terug omdat hij me niet leuk vond, of lag hij wellicht met een gecompliceerde beenbreuk onder aan de trap? Uiteraard besloten mijn vriendinnen unaniem dat de gecompliceerde beenbreuk het meest waarschijnlijke scenario was en dat ik maar snel bij de arme kerel moest aanbellen om hem weer overeind te helpen. (Het zal niemand verbazen dat deze aanpak niet veel goeds heeft opgeleverd.) Met de komst van sms en e-mail is de aloude paringsdans alleen maar ingewikkelder geworden. Toch heb ik het gevoel dat dit vooral voor de 'oudere jongere' geldt, die niet is opgegroeid met sms. De jeugd sms't zich namelijk een versuffing, waarbij ongegeneerd de meest vunzige teksten over en weer gaan.

In Duitsland geven de jongeren meer dan 72 miljoen euro per maand (!) uit aan mobiel telefoonverkeer en sms'en. Dat zal bij ons wel niet veel minder zijn. Overal waar veel geld in omgaat, zien mensen hun kans schoon. Zo kregen een tijdje geleden heel veel mannen sms'jes in de trant van: "Hoi, met Chantal. Bel je me even terug?" Wanneer die sukkel dan dat nummer draaide, zat-ie op een peperdure sekslijn. Vrouwen doen zoiets niet. Als ík een sms'je krijg met: "Hoi, met Piet. Bel je me even terug?", dan denk ik: ken ik niet – delete Piet. Een man daarentegen vermoedt al snel een buitenkansje. Mannen hebben ook iets met knopjes. Lekker drukken op je telefoon, alle functies uitproberen. Dat met die knopjes begint overigens al heel vroeg. Zo zat ik laatst met Alec langs de zwembadrand naar Emma's zwemles te kijken, toen hij opeens het hoekje om liep, om drijfnat terug te komen. "Alec zag een knopje en Alec wist niet wat dat knopje was", zei hij verbouwereerd. "En, weet je het nu wel?" "Isse douche, mama."

Geografie van de vrouw

Wie bedenkt toch die e-mailattachments? Wanneer er in de samenleving iets opvallends gebeurt, circuleren er binnen no time allerlei grappige, cynische of beledigende aanhangsels op internet. Kort na het drama rond Theo van Gogh rolde er een lijst met 'islamitische kinderprogramma's' in mijn mailbox, met titels als *Tik Tak Boem*. Daar zat ik niet echt op te wachten. Attachments worden met een razend tempo rondgestuurd, waarbij de oorspronkelijke schrijver altijd naamloos blijft. Deze anonimiteit draagt ertoe bij dat op internet de meest onaangepaste en politiek incorrecte grappen worden gemaakt. Toch duikt er in deze wirwar van onderbroekenlol ook wel eens een attachment op dat niet alleen geestig is, maar je ook nog aan het denken zet. Zo kreeg ik laatst *De geografie van de Homo sapiens* opgestuurd. De auteur was uiteraard onbekend, dus als ik iemands copyright schend, bied ik hierbij meteen mijn excuses aan.

Volgens *De geografie van de Homo sapiens* is een vrouw tussen de zestien en eenentwintig net als Afrika: wild met een natuurlijke schoonheid en vele mysterieuze, onbezochte gebieden. Een vrouw tussen de eenentwintig en dertig is als Amerika: ontwikkeld en sterk economisch georiënteerd. Van eenendertig tot vijfendertig is de vrouw als India: sensueel, ontspannen en bewust van haar schoonheid. Ook van zesendertig tot veertig valt er in Frankrijk nog wat te beleven: smakelijk rijp en een aangenaam gebied om te bezoeken. De vrouw tussen de eenenveertig en vijftig is echter Joegoslavië: de oorlog is verloren, de schade van het verleden heeft sporen achtergelaten en het wordt tijd voor herstelwerkzaamheden. Van eenenvijftig tot zestig volgt dan Rusland: uitgestrekt en oncontroleerbaar; de kilte schrikt bezoekers af. Van eenenzestig tot zeventig weerspiegelt de vrouw Mongo-

Getrouwde vrouwen tussen de vijfendertig en vijfenveertig hebben juist de meeste behoefte aan een minnaar

lië: een roemrijk verleden met grote veroveringen maar helaas zonder toekomst. Vrouwen boven de zeventig ten slotte zijn als Afghanistan: iedereen weet waar het ligt maar niemand wil erheen. (Om alle mannen tussen de zestien en de zeventig te beschrijven, had de auteur maar één land nodig: Amerika, want 'bestuurd door een lul'.) Ik moest hier erg om lachen, tot ik me realiseerde dat ik net zesendertig ben geworden en dus van het sensuele India naar het rijpe Frankrijk ben opgeschoven. Dag buikdans, hallo buiklift.

Het woord 'rijp' is in verband met vrouwen vaak een belediging verpakt in een compliment. Het neigt mij iets te veel naar 'overjarig', als een oude brie die over je baguette is gaan blubberen. Zijn wij vrouwen via het kille Rusland en het uitzichtloze Mongolië echt op weg naar het onbegaanbare Afghanistan? Ik geloof er niets van. Deze geografie kan alleen maar door een (jonge) man zijn opgesteld, want ik denk bijvoorbeeld niet dat vrouwen van boven de veertig zichzelf met Joegoslavië zouden vergelijken. Misschien wel in de zin dat ze beter op hun grenzen letten, maar 'de oorlog' is nog lang niet verloren, hoor. Veertig is het nieuwe dertig, lees ik overal. En niet alleen dat: uit een onderzoek is gebleken dat getrouwde vrouwen tussen de vijfendertig en vijfenveertig juist de meeste behoefte hebben aan een minnaar. Een jongere minnaar, welteverstaan. Want de eigen man (om er zelf eens één te bedenken) is net België: het ligt naast je, maar spreekt dezelfde taal heel anders uit.

Dun laagje beschaving

Wat me nu toch weer is overkomen! Afgelopen woensdagavond reed ik om een uur of acht met mijn vriendin Nicole op de Singel in Amsterdam, op zoek naar een parkeerplaats. Terwijl ik linksaf wilde slaan op de Amstel, tingelde achter mijn auto een nerveuze fietser die bang was om over het hoofd gezien te worden. Ik heb lang genoeg in Amsterdam gefietst om te weten dat automobilisten vaak ziende blind en horende doof zijn, dus nu ik zelf auto rijd, kijk ik altijd extra uit voor tweewielers. Inmiddels heb ik echter gemerkt dat ook fietsers bepaald geen lieverdjes zijn. Ze negeren ieder stoplicht of verbodsbord en rijden liefst zonder verlichting tegen de rijrichting in. Maar goed, ik sla dus linksaf, en Nicole ziet opeens rechts van ons een parkeerplaats. Nu is een parkeerplaats in Amsterdam even zeldzaam als een oase in de woestijn, dus ik stopte nogal abrupt en deed meteen mijn richtingaanwijzer aan. Weer begon de nerveuze fietser bozig te bellen, terwijl wij gewoon netjes stonden te wachten totdat hij zou zijn gepasseerd.

Als antwoord sloeg hij me vol in mijn gezicht

Tijdens het passeren sloeg hij echter keihard met zijn hand tegen de zijkant van mijn auto. Nu heeft mijn moeder me altijd geleerd dat je van de spullen van een ander af moet blijven, dus ik toeterde naar hem, met een gebaar van: wat flik jij nou? De boze fietser draaide zich om en fietste naar mijn raampje. Het was een magere man van een jaar of 45, met peper-en-zoutkleurig haar, een donkergroene jas met een wit overhemd, een beige broek en een ronde ziekenfondsbril. Onder zijn bagagedrager zat een bruin lederen aktetas. Ik deed mijn raampje omlaag en hij begon meteen te schelden: "Jij vuile kut! Kun je niet uitkijken?!" Nu had ik wel terug kunnen schelden, maar dat is niet helemaal mijn stijl. In plaats daarvan zei ik: "Gôh meneer, u moet wel vagina zeggen, want u moet wel nette woorden gebruiken hoor!" Als antwoord sloeg hij me vol in mijn gezicht. Mijn zonnebril vloog uit mijn haar en mijn rechterwenkbrauw begon pijnlijk te gloeien.

Nicole en ik waren met stomheid geslagen. De agressieve fietser ging er als een haas vandoor, richting Stopera. "Je hebt geluk dat er geen politie in de buurt is!", riep ik hem achterna, "anders had ik je aangegeven, asociaal!" "Ik zou maar oppassen als ik jou was!" riep hij terug. Oppassen? Waarvoor? Voor een mager mannetje dat blijkbaar bol staat van de frustratie? In het restaurant hebben Nicole en ik er nog de hele avond over nagepraat. Was het een autohater? Een vrouwenhater? Of gewoon een alleshater? Terwijl mijn wenkbrauw langzaam dik werd en nog nagloeide van de pijn, hielden we het maar op het laatste. De kranten staan vol met opgeklopte berichten over Marokkaanse jongeren die mensen op straat lastig vallen, maar ik ben nog nooit door één allochtoon geschoffeerd. Wél door zo'n zogenaamd nette man, wiens keurige kleren niet veel meer bleken te zijn dan een dun laagje beschaving. En als het stuk verdriet zichzelf herkent in deze beschrijving, dan heb ik nieuws voor hem: er ligt op het politiebureau van Amsterdam nog een fijne aangifte op u te wachten.

De hakmaniak

Vorige week nam ik Michaëlla ('Mischa') Krajicek, het halfzusje van Richard, mee naar de coutureshow van Mart Visser. Mischa is een groot tennistalent (ze is Europees kampioen en staat eerste op de jeugdwereldranglijst tot achttien jaar) maar ze is bovenal een vrolijke tiener met de onbevangen levenshouding die daarbij hoort. Ter afwisseling van haar eeuwige tenniskleren en sportschoenen had ik een avondjurkje voor haar gekocht met een paar hakjes eronder. Mijn vriendin en visagiste Elles, die mij voor dit soort gelegenheden altijd even door de wasstraat haalt, had dit keer ook Mischa onder handen genomen: haar wild kroezende haar werd met een stijltang gladgetrokken en haar gezicht werd voor het eerst echt opgemaakt. Ze voelde zich de hele avond Assepoester – maar de glazen muiltjes konden haar gestolen worden. In de auto naar huis schopte ze meteen haar hakken uit: "Wat een vreselijke ondingen!" riep ze uit, "als ik úren heb staan tennissen heb ik minder pijn aan mijn voeten dan nu! Heb jíj geen last van je tenen?" Eh – natuurlijk wel. Dat hoort erbij.

Vrouwen dragen op feesten en partijen altijd van die kittige schoentjes waar je niet op kunt lopen

Wij vrouwen dragen op feesten en partijen altijd van die kittige schoentjes waar je niet op kunt lopen, de zogeheten 'taxi-gala-taxi-palen'. Maar waarom eigenlijk? Richard ergert zich dood als ik weer eens sexy muiltjes draag waarop ik me alleen met de grootst mogelijke moeite kan voortbewegen. Wat is dat toch met vrouwen en schoenen? Cisca Dresselhuys, voormalig hoofdredactrice van *Opzij*, heeft eens gezegd dat vrouwen door de mode worden 'gedwongen' om onhandige kleding en dito schoeisel te dragen omdat dit hun vooruitgang letterlijk en figuurlijk zou afremmen. Daar geloof ik niks van. Ik vind het gewoon móói. Ik heb absoluut een schoenenfetisj die neigt naar masochisme. *Killer heels* heten ze in het Engels – en niet voor niks. Je krijgt kramp in je kuiten, pijn aan je tenen en de bandjes snijden gemeen in je vlees. Laatst zag ik een paar Gucci-hakjes met Swarovski-steentjes die ik móést hebben. Maar zelfs ik als doorgewinterde palenprof kon er níét op lopen, zo pijnlijk schuurden ze in mijn voeten. Maar wat denk je? Kom ik Connie Breukhoven tegen op een feestje met díé schoenen aan.

"Doen ze bij jou geen pijn?" fluisterde ik. "Nou en of!" antwoordde ze, "maar wat zijn ze geil hè!" Zo herken je de ware hakmaniak: altijd blijven lachen. Door Michaëlla's spontane reactie realiseerde ik me voor het eerst dat het eigenlijk van de zotte is om tot bloedens toe op een paar sexy sandaaltjes te willen lopen. Je gaat bijna denken dat het normáál is! Alsof mannen ooit één kledingstuk zouden dragen dat pijn doet. Een man doet sowieso alleen maar De Geurproef voordat hij iets aantrekt. Meurt dat shirt té erg of kan ik 'm nog een keer aan? Op zich is dat een gezondere houding dan: zeurt de pijn té erg of kan ik er wel een uurtje op staan? In het ongelooflijk grappige boek *Waarom mannen liegen en vrouwen altijd schoenen kopen* schrijven Barbara en Allan Pease dat vrouwen vooral tijdens hun ovulatie onbewust voor korte rokjes en hoge hakken kiezen. Dus als Richard weer eens over mijn schoenen loopt te mokken, zeg ik gewoon: "Sorry schat, het zijn mijn eierstokken."

Nipplegate

Vorige week was ik te gast bij *Villa Felderhof* in St.-Tropez. Een geweldige ervaring. Mijn 'medebewoner' was Robert ten Brink en in het dagelijks gebruik vond ik hem veel grappiger dan de Robert die ik kende van de televisie. Vóór mijn vertrek heb ik enorm zitten twijfelen wat voor kleren ik zou meenemen – dit tot grote ergernis van Richard. "Het gaat erom wat je te vertellen hebt", mopperde hij, "en niet om wat je draagt!" Tuurlijk schat. Ondertussen stapelde ik nog wat kittige schoenen in mijn tas. En de föhn natuurlijk. En de krulborstel. De redactie van het programma had me immers gemaild dat er in de Villa geen visagiste aanwezig was, want het programma was bovenal een vakantie, dus alle gasten waren 'lekker naturel'. Nu zal het de meeste mannen verbazen hoeveel spullen je als vrouw nodig hebt om 'lekker naturel' voor de dag te komen. Robert ten Brink had maar één broek bij zich. Kijk, dan ben je goed bezig. Maar ja, hij is het gewend.

Als presentatrice moet je vóór je de buis op gaat een hele checklist doornemen: is mijn rokje niet te kort, mijn decolleté niet te diep, mijn haar niet te blond? Zijn mijn heupen niet te breed, mijn nagels niet te lang, mijn hakken niet te hoog? Een presentator kijkt alleen of zijn gulp wel dicht zit en stormt het toneel op. Ik had speciaal voor mijn verblijf in de Villa een nieuwe, pastelkleurige bikini gekocht. Het zal je toch gebeuren dat je het zwembad in duikt en het uitgelubberde gevalletje van vorige zomer komt plotseling bovendrijven! Terwijl ik met mijn nieuwe bikini in het water dook, zag ik nog nét dat ze aan de andere kant het camerateam in stelling brachten. Ik probeerde dan ook als een Fa-badnimf uit het water omhoog te komen, maar dankzij het vele chloor (en dankzij het treurige feit dat het nimf-zijn gewoon niet in me zit) kwam ik hoestend en proestend boven water. Heel naturel, dat wel. Rochelend en met rode ogen hing ik

Rochelend en met rode ogen hing ik aan de zwembadrand

aan de zwembadrand totdat ik me opeens met een schok realiseerde dat ik mijn nieuwe bikini nog nooit nat had gezien.

Misschien had ik er thuis eerst even mee onder de douche moeten gaan staan voordat ik mij in volle glorie aan den volke toonde. Deze aflevering van *Villa Felderhof* wordt ergens in oktober uitgezonden, dus wie weet heb ik dan net als Naomi Campbell en Janet Jackson mijn eigen 'Nipplegate'. De Villa beschikt naast een adembenemend uitzicht en een prettige cabrio ook nog over een prachtige boot, waarmee Rik iedere uitzending een tocht maakt door de baai van St.-Tropez. Helaas heeft de firma Deckers geen zeebenen, dus binnen de kortste keren hing ik groen en geel over de railing. Ik kreeg letterlijk het zuur van de Côte d'Azur, maar gelukkig werd ik met een speedboot in het haventje afgezet. Daar werd ik weer helemaal rustig tussen de mooie winkels; er gaat tenslotte niks boven een stevig rondje shoptherapie. Volgens psychologen ervaart een man tijdens het winkelen hetzelfde stressniveau als een ME'er tussen de hooligans. Ach gossie. Gelukkig hoef je voor die ene broek ook niet zo lang te shoppen.

Reanimatie

Omdat Richard en ik inmiddels 'al' twaalf jaar samen zijn, werd mij vorige week rond Valentijnsdag gevraagd wat het geheim van een goed huwelijk is. Ik heb werkelijk géén idee. Mijn computer wel. Ik moet het woord 'huwelijk' namelijk heel duidelijk uitspreken, anders maakt mijn spraakherkenner er 'moeilijk' van. Daar zou het ding wel eens gelijk in kunnen hebben, want als je in je huwelijk niet duidelijk bent, wordt het inderdaad moeilijk. Het voormalige supermodel Iman en David Bowie zijn inmiddels ook alweer veertien jaar bij elkaar. Toen Iman onlangs werd gevraagd naar het geheim van haar succesvolle huwelijk, had zij daar een leuk antwoord op. "Hoe je relatie levensvatbaar blijft?" lachte ze, "mond-op-mondbeademing wil altijd wel helpen!" En dát had Richard goed in zijn oren geknoopt, want wat kreeg ik op 14 februari? Een EHBO-reanimatiecursus! Ik probeerde Richard nog uit te leggen dat 'hart' en 'massage' inderdaad wezenlijke onderdelen zijn van Valentijnsdag, maar dan niet direct in de combinatie 'hartmassage'.

De EHBO-regels zijn uitstekend van toepassing op een huwelijk

Het toeval wilde dat ik Richard die dag óók een soort cursus cadeau had gedaan: een uur vliegen in een echte vliegsimulator. Onder begeleiding van een piloot van Transavia mocht hij zelf opstijgen, worstelen met een uitgevallen motor en proberen om het vliegtuig weer aan de grond te zetten. Ik speelde voor copiloot en dat hield in dat ik heel kittig het landingsgestel erin en eruit mocht schuiven. Uiteindelijk heeft Richard drie landingen geprobeerd en hoewel we steeds vervaarlijk zwabberend op de verkeerstoren afgingen, kwamen we iedere keer veilig aan de grond. "Als je het vliegtuig levend kunt verlaten, noemen wij een landing geslaagd", zei de piloot. "En als je het vliegtuig nogmaals kunt gebruiken, noemen wij een landing héél geslaagd." Maar in geval van nood hadden we in ieder geval onze nieuwe

EHBO-kennis paraat gehad; volop geoefend op een plastic slachtoffer bij ons thuis in de woonkamer. "Hij heet Ken", had de opgewekte EHBO-instructeur gezegd, "en straks mag jij hem als eerste gaan reanimeren!" Eerlijk is eerlijk: ik heb er heel wat van opgestoken. Wist je bijvoorbeeld dat je slokdarm slechts zo dik is als je pink? Geen wonder dat daar van alles in kan blijven steken.

We leerden de Heimlich-manoeuvre, de stabiele zijligging en het gifprotocol. Zo weet ik nu dat je kinderen die per ongeluk medicijnen hebben opgegeten, wél moet laten braken maar kinderen die bijtende stoffen als Glorix hebben doorgeslikt, juist níét. Deze laatsten mogen echter wel een glas water drinken (omdat het gif dan verdunt), maar kinderen die veel aspirines hebben ingeslikt, juist weer níét (omdat de tabletten dan sneller oplossen). Het geven van hartmassage bleek een zwaar en precies karwei; het duurde dan ook niet lang of de oefenpop gaf aan dat ik één van zijn ribben had gebroken. Bij de mond-op-mondbeademing kreeg ik er ook geen lucht in, tot de instructeur zei dat ik mijn mond verder open moest doen. "Ja Daf", glunderde Richard, "je mond moet er he-le-maal omheen. Je bent reanimeermeisje of je bent het niet!" En zo werd het toch nog romantisch. Want de EHBO-regels zijn uitstekend van toepassing op een huwelijk: als er gif in de lucht hangt, maak het dan niet erger door nog eens extra te gaan braken.

Langzaam zaad

Wetenschappers hebben gewaarschuwd dat de kwaliteit van het menselijk sperma wereldwijd dermate achteruit loopt, dat mannen over zo'n 125.000 jaar alleen nog maar losse flodders zullen schieten. Vreemd genoeg is hier weinig ophef over. We krijgen dagelijks ingepeperd dat het waterpeil alsmaar stijgt, maar het feit dat het zaadpeil alsmaar daalt, is blijkbaar niet verontrustend. Toch betekent dit in de praktijk dat het verschijnsel 'man' zal uitsterven. Niet vandaag of morgen (gelukkig maar, want Richard moet eerst nog even mijn band plakken) maar evolutionair gezien wel binnen afzienbare tijd. En dan? Net zoals wetenschappers hopen dat ze het beschadigde DNA uit fossielen ooit weer tot leven kunnen wekken, zouden we alvast wat Y-chromosomen kunnen invriezen om daar later een leerzaam reservaat mee in te richten. Een leuke hangplek, waar mannen de hele dag *Top Gear* kunnen kijken en waar ze samen herinneringen kunnen ophalen over de goeie ouwe tijd toen zij de wereld regeerden. Een beetje zoals de dinosauriërs.

De vrouwen gaan ondertussen gewoon door, want die hebben eigenlijk geen mannen nodig om zich te kunnen voortplanten. Iedere vrouw kan zichzelf in principe klonen door haar eigen lichaamscellen te gebruiken. Wellicht gaat dat in de toekomst ook gebeuren; anno 2050 zou de onbevlekte ontvangenis een heel andere betekenis kunnen krijgen. Maar is een wereld zonder mannen dan niet onnatuurlijk? Nee hoor. Er is geen enkele dier- of plantensoort waarbij de mannetjes zich voortplanten zonder vrouwtjes, maar andersom gebeurt het aan de lopende band. Denk alleen al aan Flora, de komodovaraan uit de Chester Zoo in Noord-Engeland, die begin januari een paar knappe eieren heeft uitgebroed zonder ooit bevrucht te zijn geweest door een mannetjesvaraan. De

Het verschijnsel 'man' zal uitsterven. Niet vandaag of morgen, wel binnen afzienbare tijd

Noord-Amerikaanse lipvis is ook niet erg gehecht aan het traditionele mannetje: wanneer je het enige mannetje uit een aquarium haalt, verandert één van de vrouwelijke lipvissen binnen een paar dagen in een mannetje zodat zij haar collega's kan bevruchten. Zeeanemonen delen zichzelf eindeloos doormidden en ook bananen en aardappels zijn geheel vrouwelijk; ze groeien en bloeien zonder enige mannelijke inbreng.

Maar als bladluizen, hagedissen, sommige kevers en de wandelende tak zich al maagdelijk kunnen voortplanten, wat betekent dit dan voor vrouwen – of, zoals enkele mannen zullen zeggen: het wandelende takkenwijf? Het leven zonder mannen bespaart ons in ieder geval een heleboel tijd. Zo hoeven we op zaterdagavond niet meer uren voor de kast te staan met de prangende vraag: wat trek ik áán? Wereldvrede hoeven we echter niet te verwachten. Vrouwen denken graag dat mannen de oorzaak zijn van alle conflicten, maar sinds Margaret Thatcher als eerste vrouwelijke premier meteen de Falklandoorlog is begonnen, is dat een discutabel punt. En bovendien: iedereen die wel eens naar *Hollands Next Topmodel* kijkt, weet dat vrouwen kunnen bitchen als de besten. Nee, mannen hoeven niet helemáál weg; ze zijn best gezellig. En Moeder Natuur heeft nog zoveel aantrekkelijke varianten! Wat dacht je bijvoorbeeld van de groene lepelworm? Bij dit zeediertje is het mannetje zo'n 200.000 keer kleiner dan het vrouwtje. Hij woont in een donker hoekje van haar voortplantingsorgaan, alwaar hij de eitjes bevrucht door sperma uit zijn mondje te spugen. Tja. Dat zet al die mannen die zo graag op straat spugen in een heel nieuw toekomstperspectief.

Hoofdpijn

Net nu de griepepidemie in Nederland voorbij schijnt te zijn, ben ik ziek geworden. Mijn hoofd bonst en het lijkt wel of ik een pakje scheermesjes heb ingeslikt. Richard en de kinderen zijn alledrie al ziek geweest, maar een moeder is meestal de laatste boom die wordt geveld. En dus lig ik rillend op de bank, omringd door lege strips zuigtabletten, bodempjes bouillon en twee ongeduldige kinderen. Moeders mogen namelijk niet ziek zijn – dat staat niet in hun cao. Twee jaar geleden schreef ik nog in een column dat Emma bang was dat ik aan de griep zou doodgaan en dat Alec mij probeerde te genezen met zijn 'tovercape'. Die fase zijn ze inmiddels voorbij. Ze weten nu dat ik niet aan de griep kom te overlijden. Sterker nog, ik mág deze week niet doodgaan want ik zou ze nog meenemen naar de speelgoedwinkel voor nieuwe pakjes Pokémonkaarten. En beloofd is beloofd, weet je wel. "Jongens, ik heb keelpijn", zeg ik met raspende stem, "ik kan niet zo goed praten." "Oké", antwoordt Emma, "maar wat eten we vanavond?"

Hij zit midden in een fase van grootheidswaanzin. Da's typisch iets voor mannen – jong én oud

"Mama", vraagt Alec, "wie is er eigenlijk sterker: Spiderman of een dinosaurus?" "Ligt eraan wat voor dinosaurus", kan ik nog uitbrengen. "Een tierannosausius reks. Is die sterker dan Spiderman?" "Alec... praten doet pijn vandaag. Laten we samen een filmpje kijken en lekker niks zeggen." Dat doen we. De letters AL verschijnen in beeld: alle leeftijden. "Mama", ratelt Alec, "betekent dat écht alle leeftijden? Mag je ook naar deze film kijken als je honderd bent? En als je al dood bent?" Emma rolt met haar ogen. "Als je dood bent, kun je niet veel meer zien, hoor. Toch, mama?" Ja-haaa, kijk nou maar en laat mij met rust. "Mama", zegt Alec opeens, "ik ben 's nachts wel eens bang dat er een reus in ons huis komt. Kan dat?" Nee, dat kan niet. Wij hebben een bordje op de deur: verboden voor reuzen. "En als die reus nou niet kan lezen?" Oh. Zucht. En ik héb al zo'n pijn aan mijn hoofd. Een reus kan sowieso niet naar binnen, kreun ik, want daar is-ie te groot voor.

"Ik word later nóg sterker dan Spiderman", zegt Alec. Hij zit midden in een fase van grootheidswaanzin. Da's typisch iets voor mannen – jong én oud. Toen de kinderen laatst in een museum een wens mochten ophangen aan de takken van een droomboom, schreef Alec: "Ik wil later met tennissen de nummer één van de wereld worden." Emma wenste alleen maar een leuke man met wat kinderen. Dit patroon houdt overigens nog wel even aan. Zo had Emma gisteren een vriendenboekje bij zich van een klasgenootje, waarin ook de ouders van dat meisje antwoord hadden gegeven op de vraag: wat is jouw grootste wens? De moeder schreef braaf: vrede op aarde. De vader daarentegen hoopte alleen maar dat Nederland ooit wereldkampioen voetballen zou worden. Man versus vrouw in een notendop. Ik gooi er nog een bruistablet in. "Mama", tettert Emma, "jij zei toch dat een reus niet in ons huis zou passen?" Ja – dus? "Maar stel nou dattie een verkleinstraal bij zich heeft?" Opeens weet ik het zeker: hoofdpijn is erfelijk. Je krijgt het van je kinderen.

Kruisbestuiver

Komt er dan echt geen einde aan die stupide maandverbandcommercials? Neem dat nieuwe spotje met die botsautootjes in de vorm van kinderschoentjes. Botsautootjes? In je maandverband? Denken ze soms dat je een druk kruispunt tussen je benen hebt? En dan dwarrelen er ook nog bloemetjes naar beneden. Want dat is het nieuwste in maandverbandland: toegevoegde geurtjes om nare luchtjes mee te maskeren. Sorry hoor, maar tegen de tijd dat het gaat rieken ben je gewoon veel te laat met verschonen. Maar zitten vrouwen wel op zo'n kruisbestuiver te wachten? Je zal met zo'n geurig inlegkruisje op je werk komen: "Zo juffrouw Jannie, ik ruik al hoe de vlag erbij hangt!" Nu heb ik sowieso niks met maandverband. Waarom zou je het jezelf moeilijk maken met zo'n witte bumper als er ook tampons bestaan? Maar goed, er zal een markt voor zijn, want de hoeveelheid 'gevleugelde' commercials is enorm. Bijna al deze spotjes zijn echter zo infantiel, dat ik me afvraag wat voor beeld de fabrikanten hebben van vrouwen.

Tegen de tijd dat het gaat rieken ben je gewoon veel te laat

Afgelopen week kwam er weer zo'n reclame voorbij van een inlegkruisje waarbij de *voice-over* enthousiast riep: "Nú met een voor- en achterkant! Net als jij!" – Heb ik een voor- en achterkant? Wat een openbaring. Mijn vriendin kocht laatst maandverband waarop een langgerekt hart bleek te zijn gedrukt, als een soort pijl. Wat – deze kant boven? Oprijden tot aan de streep? Maar alles is beter dan die tenenkrommende commercials waarin vrouwen blíj zijn met hun menstruatie. Zij hebben nooit een opgezwollen buik, baarmoederkrampen of een dwangmatige chocoladekick, maar dartelen wereldvreemd door het beeld in witte shorts, witte bikini's of witte karatepakjes. Nou ja, dat laatste begrijp ik dan nog wel, want de behoefte om iemand een klap te verkopen is erg groot in die tijd van de maand. Waarom is het toch zo moeilijk om een leuke reclame te maken over de menstruatie?

Omdat het over bloed gaat. En bloed schrikt af. Daarom wordt er ook blauwe vloeistof gebruikt. Groen lijkt op een nare schimmelinfectie, geel neigt naar incontinentie en bruin heeft te veel weg van diarree.

Blauw laat zich niet associëren met een lichaamsfunctie, dus dat past prima in de bloedeloze reclamewereld. Gelukkig zijn er ook geslaagde voorbeelden van menstruatiespotjes te vinden. Zoals die Australische commercial waarin een jonge vrouw vrolijk met een bever onder haar arm loopt. (*Beaver* is een synoniem voor vagina.) Ze vertroetelt hem bij de kapper en neemt hem mee naar het strand, waar de jongens bewonderend naar haar bever kijken. En dan de uitsmijter: "Je hebt maar één bever, verzorg hem goed." Onzinnig? Natuurlijk. Maar wel erg geestig gedaan. Net als die Engelse commercial waarin een jonge vent tampons moet meenemen en in de supermarkt in verwarring raakt van alle merken en mogelijkheden. Hij ziet 'mini', kijkt naar zijn eigen kruis en neemt vervolgens met een trots lachje een doosje 'super'. Bij het afrekenen vraagt hij zelfs aan de caissière "of ze er nog groter zijn". Misschien moesten vrouwen een voorbeeld nemen aan mannen. Want als de heren ongesteld zouden worden, zouden ze er ongetwijfeld trots op zijn en elkaar aftroeven met de hoeveelheid cc's: "Dagen bloed verloren – en nóg niet dood!"

Zure Moeder C

De Engelse tak van het internationale reclamebureau *Publicis* heeft het afgelopen jaar een grootscheeps onderzoek gedaan naar verschillende 'moedertypes'. Het uitgebreide researchproject was opvallend simpel van opzet. *Publicis* liet een groot aantal vrouwen kiezen welke voorwerpen zij het meest met het moederschap associeerden. Waren dat A) schoolrapporten en knutselwerkjes; B) engelachtige foto's en dinosaurusdekbedovertrekjes of C) autosleutels en vuile sportkleren? De vrouwen die voor antwoord A kozen, werden de Tevreden Moeders genoemd. Voor hen kwam het gezin op de eerste plaats en ze hadden weinig interesses buitenshuis. De vrouwen die antwoord B hadden aangekruist waren de zogeheten Balans Moeders. Zij vonden het moederschap erg belangrijk maar gingen ook nog graag een avondje stappen met vriendinnen. De vrouwen die zichzelf het meest herkenden in antwoord C kwamen er als Gefrustreerde Moeders het slechtst vanaf. Zij vonden het moederschap zwaarder dan verwacht en baalden ervan dat ze zo weinig tijd voor zichzelf hadden.

Hoewel ik zelf voor antwoord B zou hebben gekozen en daarmee dus een uitgebalanceerde moeder schijn te zijn, herken ik mezelf in alle drie de types. Want wie vindt het moederschap nu *niet* zwaarder dan verwacht? Daar hoef je echt geen gefrustreerde moeder voor te zijn. Vrouwen hebben toch al vaak het idee dat ze nooit mogen klagen over hun kinderen. Ze zijn toch gezond? En je wilde ze toch zo graag? Nou dan. Dat kinderen als olifanten door de porseleinkast van je eigen identiteit razen, mag je eigenlijk niet hardop zeggen. Niet al te vaak, in ieder geval. Vóór je het weet ben je zo'n zure Moeder C. Maar feit is dat je ontzettend veel inlevert zodra je kinderen krijgt. Je vrije tijd en je nachtrust bijvoorbeeld. (Je dagrust trouwens ook.

Feit is dat je ontzettend veel inlevert zodra je kinderen krijgt. Je vrije tijd en je nachtrust bijvoorbeeld

Want als je soms dacht dat je die verloren slaapuurtjes overdag kon inhalen: vergeet het maar.) Maar hoeveel je ook inlevert – je krijgt er zoveel méér voor terug. Ik weet het: het is een keukentegel van jewelste, maar het is tegelijkertijd zo wáár.

Ik had al die kneuterige knutselwerkjes in ieder geval voor geen goud willen missen. ("Gôh Emma, wat een mooi... eh, toiletrolletje met watten!" "Dat is een schááp, mama!") Maar hoe zit het eigenlijk met de vaders? Zijn die als marketingdoelgroep soms niet interessant? Ik vrees van niet. Vraag aan een vrouw met kinderen om zichzelf te omschrijven, en ze begint met: "Ik ben allereerst moeder...", om daarna pas verder te gaan met eventueel werk of hobby's. Een man zal daarentegen hoogstwaarschijnlijk éérst zijn werk omschrijven, compleet met alle toeters en bellen ("ik assisteer de assistent van de managing-director"), voordat hij aan de vermelding van eventuele kinderen toekomt. Niet dat dat erg is – mannen slagen er gewoon beter in om hun eigen identiteit te bewaren. Daar kun je als reclamebureau nog geen pak Pampers aan slijten. Maar wél een Minolta Dimage S404 4MPIX 4x OP Zoom! Want waar moeders een wegwerpcameraatje kopen voor die 'engelachtige foto's', gaan vaders voor de oneindige scherpte. Tenminste, als hij het kan betalen. Want er mogen dan niet veel 'vadertypes' zijn, één omschrijving staat nog steeds als een huis: "Een vader is een man met foto's in zijn portemonnee op de plek waar vroeger het geld zat."

Vrouwenstem is irritant

Het is officieel: mannen vinden vrouwenstemmen irritant. Volgens onderzoekers van de universiteit van Sheffield kan een man voor de ontvangst van mannenstemmen gewoon een simpel kwabje achter in zijn hersenpan gebruiken. Maar om vrouwelijke stemmen te kunnen 'ontcijferen', moet hij een speciaal deel van zijn brein inschakelen. Dit blijken mannen ongelooflijk vermoeiend te vinden. Maar het zouden geen mannen zijn als ze daar niet een prima oplossing voor hadden bedacht: negeren. Het mannelijke brein is erin geslaagd om zichzelf naar believen af te sluiten voor hoge, snerpende en schelle geluiden – met andere woorden: voor het niet-aflatende gepraat van hun geliefde echtgenote. Ze begrepen er toch al maar de helft van, dus voor hun gevoel missen ze weinig. De stembanden van een vrouw zijn namelijk anders gevormd dan die van een man, waardoor haar stem niet alleen melodieuzer klinkt, maar ook meer toonhoogtes bestrijkt. Een aantal van die subtiele toonverschillen gaan echter volledig aan het mannenbrein voorbij.

Mannen kun je soms geen groter plezier doen dan door gewoon effe lekker je mond te houden

Dat laatste is geen verrassing, want als mijn vriendin vraagt: "Hoe gaat het met je?" en ik antwoord: "Oh, goed", dan vraagt ze meteen: "Ik hoor het al – wat is er?" Geef ik precies hetzelfde antwoord aan Richard, dan zegt hij: "Mooi. Wat eten we vanavond?" Soms vind ik het wonderlijk dat mannen en vrouwen elkaar überhaupt leuk vinden, gezien de grote verschillen in het taalgebruik. Ik weet nog goed dat ik eens stapelverliefd was op een jongen, en dat we samen voor het eerst bij zijn moeder op bezoek zouden gaan. Het was meer dan een uur rijden en ik verheugde me op een knus autoritje: lekker veel praten en elkaar beter leren kennen. Maar we waren nog niet ingestapt, of hij zette keiharde dancemuziek op. We hebben de hele weg geen woord gezegd. Toen hij dat op de terugweg wéér wilde doen en ik protesteerde, reageerde hij verbaasd. Terwijl ik me buitengesloten had gevoeld, had hij het samen zwijgen juist heel gezellig en intiem gevonden. Huh? Als vrouwen zich fijn voelen bij een man, willen ze graag met hem praten. Maar mannen kun je soms geen groter plezier doen dan door gewoon effe lekker je mond te houden.

Dat schijnt weer iets uit de oertijd te zijn, toen mannen tijdens de jacht urenlang zwijgend in een hinderlaag moesten liggen – iets wat overigens verrassend veel lijkt op het hedendaagse avondje-uit van een groepje vrienden. Áls mannen praten, dan het liefst met elkaar. Volgens de onderzoekers uit Sheffield houden mannen daarom ook van hese vrouwenstemmen zoals die van Katja Schuurman. Ze denken dat ze die sexy vinden, maar in werkelijkheid lijken dit soort schorre stemmen op mannelijke stemmen, en die komen bij de heren nu eenmaal wat prettiger binnen. Doordat het mannelijke brein zich bovengemiddeld moet inspannen om de hoge, vrouwelijke stem te verwerken, schieten mannen tijdens een gesprek geregeld in de slaapstand. Richard is meer dan eens rechtop in slaap gevallen terwijl ik op de bank naast hem een heel verhaal zat te vertellen. Hoe romantisch! Hetzelfde geldt trouwens voor jengelende kinderen op de babyfoon: mannen gooien gewoon mentaal de luiken dicht voor moeilijke geluiden. Dus wil je je man even lekker uitzetten? Spreek dan de vier magische woorden: "Schat, we moeten praten."

Trilbillen

Het grote nadeel van thuis werken vind ik dat het jong-snel-en-wild-gebeuren een beetje langs me heengaat. Ik ga niet meer met collega's lunchen in nieuwe, trendy eettentjes maar zit met Emma achter de pindakaasbammetjes. Ook leuk, maar toch. Dankzij mijn kinderen weet ik inmiddels alles over Sponge Bob en zijn vissige vriendjes uit Bikini Broek, maar toen mijn broer Clark mij laatst vertelde over zijn vrijmibo's wist ik niet eens dat dit het nu-woord is voor de vrijdagmiddagborrel. Het ergste vond ik echter dat ik vorige week was uitgenodigd op een hippe borrel en dacht: "Wat ziet iedereen er raar uit!" Bleek het de mode te zijn. En dus heb ik weer eens wat vaker naar TMF en MTV gekeken, want daar schijnen ze te weten wat 'vet' is, lang vóórdat het mijn ingedutte Dorpsstraat heeft bereikt. Ik was eigenlijk opgehouden naar TMF te kijken, sinds presentator Mental Theo een jeugdige discotheekbezoeker had uitgedaagd om het braaksel van zijn stapvriendje op te eten. Dat vond ik niet vet, dat vond ik gewoon smerig.

Jongeren. Wat krijgen die in hemelsnaam voor beeld van vrouwen?

Gelukkig kwamen op beide muziekzenders de maagsappen de laatste tijd niet meer omhoog, maar het niveau ging wel omlaag. Wat er is toch met die rapvideo's aan de hand? Rappers lieten zich altijd al graag omringen door Bentleys, boten, blingbling en bikini's (nou ja, 'bikini's' – twee bierdopjes en een kurk, meer heeft het niet om het lijf), maar tegenwoordig is het wel heel erg. Vooral zwarte vrouwen komen er bekaaid vanaf; zij lopen standaard slechts als glijmiddel door het beeld. In 'Booty Poppin', een populaire video van rapper Ludacris, zitten bijvoorbeeld talloze beelden van naakte zwarte vrouwen in een stripclub en close-ups van blote, voorovergebogen trilbillen. Rapper Nelly maakt het nog bonter in zijn nieuwste video 'Tip Drill'. Daarin simuleren de (eveneens zwarte) vrouwen masturbatie, waarbij ze zó hard met borsten en billen schudden dat hun bikini's 'spontaan' losspringen. Het is al knap smakeloos dat de aanwezige mannen daarop meteen aan het graaien slaan, maar het dieptepunt is toch wel Nelly zelf, die zijn creditcard door de voorovergebogen billen van zo'n meisje laat glijden.

Even voor de goede orde: dit zijn veelgedraaide video's van populaire rappers, gericht op jongeren. Wat krijgen die in hemelsnaam voor beeld van vrouwen? Rapper Snoop Dogg noemde het feit dat hij twee naakte vrouwen aan diamanten hondenriemen met zich meetroonde 'een grapje'. Aha. In dat geval denk ik dat ik mijn gevoel voor humor ben verloren. En daarmee ook het contact met de jonge, hippe generatie die de muziekzenders platbelt met verzoekjes voor dit soort vulgaire video's. Want zelf kun je dan wel vinden dat je jong van geest bent gebleven – de échte jeugd denkt daar heel anders over. Toen ik een paar weken geleden naar de première van *The Lion King* ging, stonden tientallen jongeren met handtekeningenboekjes achter de dranghekken naar me te schreeuwen: 'Daphne! Daphne!' Gôh, dacht ik blij verrast, ook al dateert mijn laatste tv-programma alweer van vorig jaar omdat ik liever thuis zit te schrijven – de jonkies weten toch nog steeds wie ik ben. En terwijl ik volop aan het signeren was, vroeg een meisje: "Daphne, in welke soap zat jij ook alweer?"

Speeddaten

Volgens een nieuw onderzoek vallen mannen vooral voor het uiterlijk van een vrouw. Wat een *shocker*; straks blijkt de paus nog katholiek te zijn! Toch was de manier waarop de wetenschappers het onderzoek hadden opgezet, best leuk bedacht: eerst lieten ze mannen en vrouwen allerlei kenmerken invullen over hun ideale partner, zoals leeftijd, beroep, status en opleidingsniveau. Vervolgens moesten de proefpersonen speeddaten en naderhand werd bekeken of de mensen die zij nogmaals zouden willen ontmoeten overeenkwamen met hun aangegeven ideale partner. Bij mannen bleek er geen enkele overeenkomst te zijn tussen hun zogenaamde voorkeur en hun daadwerkelijke keuze: ze gingen allemaal blind voor de knapste vrouwen, ook al lagen die qua intelligentie ver onder hun eigen niveau of qua uiterlijk ver buiten hun 'bereik'. Dat deed me denken aan de sullige Jim Carrey, die in de film *Dumb and Dumber* verliefd is op de mooie Courteney Cox. Als hij haar vraagt wat de kans is dat zij ooit met hem zal uitgaan, antwoordt Courteney: "Eén op de miljoen." Waarna Jim Carrey verrukt uitroept: "Dus ik héb een kans!"

Zijn mannen onverbeterlijke optimisten of hebben ze gewoon een plaat voor hun hoofd?

Zijn mannen echt van die onverbeterlijke optimisten, of hebben ze gewoon een plaat voor hun hoofd? Ik neig naar het laatste. Psychologen hebben namelijk ook een test gedaan waarin wildvreemde mannen op straat werden aangeklampt door een verleidelijke vrouw met de tekst: "Ik vind jou zó lekker, zullen we naar een hotel gaan?" Er waren nog heel wat mannen die spontaan "Ja!" zeiden. Die dachten waarschijnlijk: "Goh, da's een leuk meevallertje, als ik effe doorbeuk haal ik nog mooi de trein van 17.35u naar Almelo." Het zal niemand verbazen dat dit experiment andersom niet werkte. De vrouwen die op straat werden benaderd voor een spontaan vluggertje, waren daar op z'n zachtst gezegd niet van gecharmeerd. Toch denk ik dat vrouwen helemaal niet zó onkreukbaar zijn. Het ligt er volgens mij vooral aan *wie* ze op je afsturen. Stel het is Clive Owen – dan zou ik er toch ernstig aan gaan denken om zélf die kamer te boeken. Het fenomeen *groupie* is niet voor niets een vrouwelijke aangelegenheid.

Hoe deden de vrouwen het eigenlijk in het onderzoek met de speeddaters? Zij bleken zich bij hun keuzes ook niet altijd te laten leiden door de politiek correcte antwoorden die ze van tevoren hadden gegeven, maar ze hadden wel een beter beeld van hun eigen aantrekkelijkheid. Veel meer dan de mannen kozen zij voor een partner die overeenkwam met hun eigen opleiding, leeftijd en fysieke aantrekkelijkheid. Als verklaring werd gegeven dat vrouwen biologisch gezien een man kiezen die de potentie heeft om zo lang mogelijk bij het gezin te blijven. Is hij veel knapper, jonger of dommer, dan gaat dat schuren. Dit leek mij een tamelijk prehistorische uitleg. Juist nu vrouwen hun eigen boterham verdienen, zou je denken dat ze minder scrupules hebben om eens lekker los te gaan à la Demi Moore, die de aantrekkelijke Ashton Kutcher aan de haak sloeg. Hij is veel jonger dan zij, maar daar voel je natuurlijk niks van. Voor mannen die per se met een rondborstige roofkip willen trouwen, heb ik wel nog één tip: de intelligentie van een zoon is genetisch gezien voornamelijk afkomstig van de moeder.

De tv-dominee

Ik ben niet bijzonder gelovig, maar de laatste maanden kijk ik steeds vaker naar de preek van de Amerikaanse tv-dominee Joel Osteen. Op een zondagochtend zat ik eens te zappen toen ik per ongeluk in zijn verhaal viel. Daar ben ik toen gefascineerd in blijven hangen, want deze man heeft de gave om zó mooi en beeldend te vertellen dat je wilt blijven luisteren. Over het algemeen zijn tv-dominees geen feest om naar te kijken. De Amerikanen zijn veelal schreeuwlelijken van het kaliber "Halleluja!" en hun Nederlandse collega's zijn niet zelden slaaptabletten. Maar deze Joel Osteen heeft met zijn 43 jaar een jeugdige en sympathieke uitstraling. Hij lacht altijd, draagt een gewoon pak en preekt voor de verandering eens *niet* over hel en verdoemenis, maar juist over de positieve dingen van het leven. Osteen zwaait ook maar heel beperkt met Bijbelteksten. Hij verpakt zijn boodschap liever in alledaagse anekdotes of grappige verhalen uit zijn eigen gezinsleven. Hij vertelt zelfs moppen; waar maak je het al mee op de kansel.

In interviews zegt Joel Osteen dat hij "een hoopvol zaadje" wil planten in de harten van mensen, en dat hij daarom geen donderpreken houdt over zonde en lijden, maar over optimisme en geluk. Dit heeft hem razend populair gemaakt, maar volgens veel strengreligieuze christenen is hij juist een handlanger van Satan. Want hoezo geluk? Wij zijn allen zondaars! Wat ook niet helpt, is dat Joel Osteen inmiddels de grootste kerk van Amerika runt. Hij verbouwde het voormalige stadion van de *Houston Rockets* tot kerkruimte, en preekt daar nu iedere zondag zijn blijde boodschap voor 40.000 toeschouwers. Tel daar 7 miljoen tv-kijkers bij op, plus de 150 landen waar Joel Osteen wordt uitgezonden, plus zijn miljoenen verkochte boeken, en ik begrijp dat ze hem een reli-rockster noemen. "Hij zit niet in de ziel-business, maar in de zelfbusiness", schamperde een van zijn criticasters. Maar in hoeverre is het

Hoezo geluk? Wij zijn allen zondaars!

slecht dat Joel Osteen multimiljonair is geworden? Hij is gewoon goed in wat hij doet, hij raakt mensen in hun hart.

Ik geloof bijvoorbeeld niet in de starre dogma's van georganiseerde religies, maar als ik naar Osteen luister, dan betrap ik mezelf erop dat ik denk: bij zo'n liefdevolle en vergevende God zou ik me ook wel thuis voelen. In zijn megakerk heeft Osteen geen altaar en geen opzichtig kruis, maar wel een levensgrote wereldbol. Ook dit is tegen het zere been van vele strenggelovigen, die toch al niet te spreken zijn over zijn "simplificatie" van Gods woord. Gelukkig voor hen zijn er nog talloze plekken waar religie als vanouds *hardcore* wordt onderwezen. Maar voor iedereen die iets inspirerends wil horen zonder om de oren geslagen te worden met schuld en boete, zijn de zachtmoedige preken van Joel Osteen prima te doen op de zondagochtend. En er valt nog wat te lachen. Zo vertelde hij laatst over een blanke man en een zwarte man die hun leven lang hadden gediscussieerd over de vraag of Jezus nu blank of zwart was geweest. Toen ze tegelijkertijd stierven aan een hartaanval, kwamen ze samen in de hemel. Nu konden ze eindelijk zien wie er gelijk had gehad. Op dat moment stapte Jezus op hen af en zei: *buenos dias*!

Sexy moeders

Ik kreeg laatst van een journalist de vraag wat ik ervan vond dat Wendy van Dijk was uitgeroepen tot 'meest sexy moeder van Nederland'. Tja. Wat vind ik daarvan. Ten eerste denk ik dat Wendy met gemak álles wint waar 'meest sexy' voor staat. Van meest sexy presentatrice tot meest sexy vrouw met een kunstgebit (als Ushi dan hè). Nu is ze dus de meest sexy moeder, maar straks is Wendy ongetwijfeld de meest sexy oma. Sommige vrouwen hebben dat nu eenmaal aan hun kont hangen; iets waar ik helaas geen last van heb. Toen ik twee weken geleden met Katja Schuurman te gast was bij de nieuwe talkshow van Beau van Erven Dorens, werd Katja door hem aangekondigd als "de grootste seksbom van Nederland" en ik als "de heldin van alle huismoeders". Kijk, dan weet je weer hoe de kaarten zijn geschud. Eigenlijk ben ik allang blij dat ik niet (meer) word geafficheerd als Lekkers van Deckers of Dubbel D, maar sinds ik over het moederschap ben gaan schrijven, ben ik helemaal naar de andere kant van het mediaspectrum verhuisd.

Alsof samen met het vruchtwater ook je totale persoonlijkheid uit je lijf loopt

Om met de altijd welbespraakte Beau te spreken: ik ben vertrut. Zodra je je gaat bezighouden met baby's, kinderen, gezinssituaties of andere familiezaken, treedt de vertrutting acuut in werking. Het schijnt een soort virus te zijn, waardoor het laatste restje vrouwelijkheid van je afvalt en er een oerdegelijke, seksloze matrone voor in de plaats komt. Het mooiste voorbeeld in dit verband vind ik 'Brutale Meid' Tatum Dagelet. Zij zou een column gaan schrijven voor het blad *One*, totdat het de redactie ter ore kwam dat ze (ieks!) zwanger was. Nog voordat Tatum ook maar één column had kunnen afleveren werd ze alweer afgevoerd, want moeders – gatver, die kunnen gewoon niet hip zijn. Wat een kolder. Alsof samen met het vruchtwater ook je totale persoonlijkheid uit je lijf loopt, waardoor je alleen nog maar over badeendjes, babyolie en lekkende borsten zou kunnen praten. Natuurlijk verander je nadat je moeder bent geworden. Ik ben ook veranderd. Samen met mijn vriendinnen kan ik er soms erg om lachen hoe 'moederlijk' we zijn geworden. Maar truttig?

Het kan toch niet zo zijn dat vrouwen anno nu nog steeds slechts in twee clichécategorieën kunnen vallen: die van hoer of heilige. Schrijfster Heleen van Royen verhaalde in haar bijzonder geestige boek *Godin van de Jacht* over het turbulente leven van Diana, een getrouwde vrouw met een jonge tweeling die dol is op seks en dus ook minnaars heeft. Volgens een recensent van *de Volkskrant* stond deze Diana wel erg ver van de gewone lezer af. Hoezo dan? Omdat het een hitsig type is? Het lijkt wel of dat bij moeders gelijkstaat aan vloeken in de kerk. In de eerste maanden na hun bevalling moeten de meeste vrouwen inderdaad niet aan seks dénken. Maar als de waterleiding weer is uitgedeukt, zal ik maar zeggen, dan gaan de kranen gewoon weer open, hoor. Daarom vind ik het wel leuk dat er een 'meest sexy moeder van Nederland'-verkiezing is geweest. Wég met het imago van de ingedutte theemuts! Zo. Dat is eruit. Nu eens even kijken waar ik die breipatronen van de Nijntje-eierwarmers ook alweer heb gelaten.

Vrouwen hebben lange tenen

In *De Telegraaf* stond laatst een artikel over het Belgische reclamebureau Fé dat is opgericht door vrouwen om de strijd aan te gaan met vrouwonvriendelijke reclame-uitingen waarin vrouwen worden neergezet als 'lekkere wijven' of 'suffe huisvrouwen'. Toen ik dat las, dacht: oh zucht, daar gaan we weer. Er zijn inderdaad commercials die te dom voor woorden zijn, zoals die van dat meisje dat met haar korte rokje op een kopieerapparaat terechtkomt. Maar ik herinner me niet eens om welk product het hier ging, dus los van het feit dat het seksistisch was, is het gewoon een mislukt spotje. Hebben wij vrouwen nu écht van die lange tenen? "Vrouwen raken eerder geïrriteerd", meent Katja van Putten van Fé, "terwijl mannen al snel om een reclame-uiting moeten lachen. Het clichébeeld dat vrouwen weinig humor hebben, wordt inderdaad bevestigd." O ja? Vorig jaar ontstond er in Australië oproer over een colacampagne. Het colamerk had een grotere fles in de aanbieding en illustreerde dat met een advertentie van twee mannen in hun zwembroek: een gespierde bodybuilder met de kleine fles en geen noemenswaardige bobbel in zijn zwembroek en een klein, iel mannetje met de grote fles en een gigantische bult in zijn broek. De tekst: 'Size *does* matter'.

Tegenwoordig voelt iedereen zich wel ergens door beledigd

Geestig? De Australische vrouwen vonden van wel, maar de mannen waren in hun kruis getast. Zij vonden de campagne stereotyperend, manonwaardig en beledigend. De advertentie werd dan ook verboden. Lange tenen zijn volgens mij niet voorbehouden aan mannen of vrouwen, maar aan ménsen. Tegenwoordig voelt iedereen zich wel ergens door beledigd. Ik heb vorig jaar bijvoorbeeld in een column geschreven dat in veel mannentoiletten een 'richtvlieg' is aangebracht tegen het zwabberen en dat kwam me twee weken geleden nog op een boze brief te staan dat ik 'anti-man' ben! Maar de eerlijkheid gebiedt mij te zeggen dat vrouwen toch beduidend gevoeliger zijn dan mannen. Zo kreeg ik laatst een kettingmailtje binnen, met de veelbelovende titel: 'Voor alle geweldige vrouwen!' Het was bedoeld 'om vrouwen te laten glimlachen', maar hoewel ik erg vóór het lachen-om-jezelf ben, vond ik dit een tamelijk zure bedoening. 'Als etalagepoppen echte vrouwen waren, dan waren hun heupen te smal om kinderen te krijgen!' stond er bijvoorbeeld.

Maar Kate Moss hééft het figuur van een etalagepop en die is net moeder geworden. 'Op de hele wereld zijn er drie miljard vrouwen die níét op supermodels lijken en maar acht die er wél op lijken!' ging het mailtje verder. Tja. Er zijn ook drie miljard mannen en maar één David Beckham. 'Uit enquêtes blijkt dat zeventig procent van de vrouwen zich schuldig voelt na drie minuten in een vrouwenblad gebladerd te hebben!' Waarover? Over de dunne modellen? Uit enquêtes blijkt toch óók dat zeventig procent van de mannen helemaal niks geeft om dunne vrouwen? 'Als Barbie een echte vrouw was, zou ze niet kunnen lopen want met haar proporties kun je niet rechtop staan.' Ja, zo ken ik er nog een paar: 'Als Janneke van Jip en Janneke een echt meisje was, dan had ze een waterhoofd.' 'Wees er trots op om een vrouw te zijn!' besloot het opbeurend bedoelde mailtje. Dat ben ik ook. Daarom heb ik dit soort verkapte slachtofferhulp niet nodig.

Ezelopvang

Ben ik op een liefdadigheidsgala, komt er iemand van een roddelblad naar me toe. Hij vertelt dat een van zijn 'journalisten' mij een tijdje heeft gevolgd en tot de conclusie is gekomen dat ik niet meer thuis slaap. Of ik misschien wil reageren op het feit dat Richard een buitenechtelijke relatie heeft? Daar zit je dan, met je haar in de krul, tussen salade en hoofdgerecht. Is er dan niks meer heilig? Want laten we even wél wezen: Marco en Leontine doen sinds jaar en dag de zomerscheiding, Richard en ik zijn van de najaarscrisis, Anthonie en Isa hebben de winterdepressie en René en Natasja de voorjaarsperikelen. Dat is ooit zo verdeeld en dat vind ik ook prima, want echtscheiding is een serieuze zaak en dat moet ordelijk verlopen. Maar nu ben ik helemaal van de leg. Kunnen de bladen niet even béllen voordat ze de volgorde van de scheidingen zo rigoureus omgooien? Ik wil best een keer de zomerscheiding doen maar overleg dat eerst even, want er komt geheid gedonder van. Straks gaat Leontine mij nog bellen: "Daf, je zit in mijn wijk! Wíj doen de zomerscheiding, dat weet je toch?"

Door Richard en mij reeds in juli in een huwelijkscrisis te storten, raakt het hele schema in de war. En de zaak staat al zo op scherp door 'Rattengate', u weet wel, die foto's van het vervuilde huis van Belinda Meuldijk. Dat heeft mensen op ideeën gebracht. Een vrouw die sinds kort voor ons werkt, krijgt namelijk geregeld te horen dat zij vooral foto's moet maken van ons interieur, want die kan ze dan mooi aan de bladen verkopen. Dus als het tegenzit, word ik binnenkort geconfronteerd met Hamstergate: "Snuffie en Witje krijgen niet iedere week schone korrels!" Groentengate: "Daphne serveert erwtjes uit blik!" Of Vitragegate: "Al één jaar niet gewassen!" (Oké, twee jaar dan.) Mensen – waar gáát dit nog over? Het maakt helemaal niet meer

Of ik misschien wil reageren op het feit dat Richard een buitenechtelijke relatie heeft

uit of iets waar is, zolang het maar raar is. Terwijl Nederlandse soldaten sneuvelen in Afghanistan, beheerst geneuzel over Paris Hilton het nieuws. Sommige dingen zijn zó oninteressant, dat ik niet begrijp waarom het de krant moet halen. Zo circuleert er al anderhalf jaar een gerucht dat Richard en ik gaan verhuizen naar het voormalige gemeentehuis van 's-Graveland. Nee, dus.

Toch blijft het maar rondzingen in de roddelbladen. We worden gebeld door regionale dagbladen, door radioprogramma's, het staat op kabelkranten, op websites. En dus vragen de leerkrachten van mijn kinderen wanneer we nu precies gaan verhuizen, zodat ze daar rekening mee kunnen houden bij de klassenindeling. Ik word er bijna iedere dag op aangesproken; op het hockeyveld, in de supermarkt, op het schoolplein. Als ik dan zeg dat we niet gaan verhuizen, krijg ik een veelbetekenende knipoog: "Ik snap dat het nog een geheim is." Aangezien we alsmaar niet weggaan, zou je denken dat het kwartje wel een keer gaat vallen. Maar nee. Er wordt gewoon een nieuw verhaal verzonnen: we liggen in scheiding, de bouwvergunning komt er niet door, we twijfelen nog. Maar de waarheid is simpel: we kúnnen helemaal niet naar 's-Graveland. Belinda Meuldijk heeft dat huis gekocht. Ze begint er een ezelopvang én een rusthuis voor roddeljournalisten. Of is dat dubbelop?

Pimp my fleece

In de wachtkamer van mijn orthodontist las ik een interview met Nyncke Beekhuyzen, de hoofdrolspeelster uit de nieuwe tv-serie *Lotte*. Nyncke zelf is een schoonheid, maar haar personage Lotte moet een lelijk en verlegen meisje voorstellen. Dus wat te doen? Een bos onhandelbare krullen deed al wonderen, net als een grote uilenbril. Maar wat maakte de mooie actrice nu écht onaantrekkelijk? Een beugel. "Met zo'n ding voel je je automatisch een beetje stom en lelijk", aldus Nyncke. Geweldig. Zulke dingen zijn altijd leuk om te lezen op de dag dat je eigen beugel weer eens wordt aangedraaid. En ik voelde me al zo onhip, omdat ik in de wachtkamer ook door de *ELLE* van december 2005 had zitten bladeren. Daarin stond een interview met de internationaal geprezen, veelgeroemde en meerdere malen bekroonde Nederlandse ontwerper Erik Frenken. Nooit van gehoord? Ik ook niet. Maar ik ben ook een Nederlander, en die zijn volgens Frenken "stijlarm". Nee, dan Londen of Parijs, dáár hebben ze pas een modische straatcultuur.

"Dat bestaat hier gewoon niet. Bij ons blijft het toch altijd een beetje dorps", meent Frenken. "Fleece-truien en windjacks, dat kaliber. Ik word soms gewoon depressief als ik weer eens in de trein tussen al die verschrikkingen zit." Ook spijkerbroeken met wijde pijpen krijgen van hem een fatwa: "Dat kan écht niet! Zo volks." De grootste hekel heeft de ontwerper van Viktor & Rolf echter aan de voornoemde windjacks: "Die háát ik. Zo degelijk. Ik krijg er direct plaatsvervangende schaamte van. Dan denk ik: jezus, ga het land uit!" Enigszins ontdaan sloeg ik de pagina om. Ik word altijd een beetje onzeker van ultrahippe types als Erik Frenken. Zij zijn de zelfbenoemde hoeders van de Goede Smaak, die niet geheel toevallig samenvalt met hun eigen smaak. Want wat bedoel je eigenlijk, wanneer je

Ik word altijd een beetje onzeker van ultrahippe types

zegt dat iets 'slechte smaak' is? Dan bedoel je dat jíj het niet mooi vindt. Hetzelfde geldt voor humor. Mensen vinden dat iemand 'veel gevoel voor humor' heeft, wanneer deze persoon om dezelfde dingen moet lachen als zij. Sterker nog: als een man zegt dat hij van een vrouw met gevoel voor humor houdt, dan bedoelt hij een vrouw die om zíjn grappen moet lachen.

De opmerkingen van Erik Frenken vind ik echter niet zo geestig. Ik vind het prima wanneer iemand zo'n eigenzinnige stijl heeft dat hij het aandurft om zijn zoontje Pop te noemen. Maar waarom moet dat modieuze gedoe altijd met zoveel dedain gepaard gaan? Ik heb ook zo'n volkse fleece-trui in huis. Denk daar een beugel boven en de arme Frenken zit wéér in een depressie. Om dat te voorkomen kocht ik een exemplaar van de ultieme stijlbijbel: de Italiaanse *Vogue*, met een bijlage over dé zomertrends. Dat blijkt romantisch wit met kant te zijn, grafisch zwart-wit, maar ook felgekleurde panty's, en strikken in alle kleuren. Eveneens hip zijn smalle pijpen, vrouwensmokings en heel veel zilver. Daarnaast veel goud, roze en glimmende applicaties. Dan nog ruches, brede riemen, multicolor prints, marinestrepen, vichy-ruiten, zigeunerrokken, bloemetjesjurken én knaloranje. Kortom: alles mag. En zo hoort het ook; mode is geen keurslijf maar een keuze. Moeten van Frenken alle windjacks het land uit? Ik stel voor dat we met de windbuilen beginnen.

Reset je relatie

Weet je waar ik moe van word? Van dat gezeur over 'de vonk'. Ik kom op een leeftijd dat er om mij heen huwelijken beginnen te stranden. Eerst zijn er jaren van vrijgezellenparty's, grote trouwerijen en babyborrels. Er zijn gezamenlijke vakanties, uitbundige feesten met vrienden en familie en je denkt dat het altijd zo gezellig blijft. Maar dan ontstaan er links en rechts opeens scheuren; mensen van wie je het nooit had verwacht, gaan uit elkaar. Meestal vindt de vertrekkende partij dat 'de vonk' er niet meer was. Luister – als je een vonk wil, moet je met een gasfornuis gaan samenwonen. Liefde is een werkwoord: je moet er wat voor dóén. Die kachel brandt niet vanzelf. Alle sprookjes eindigen met: "...en zij leefden nog lang en gelukkig", maar negen maanden later begint het gelazer al. Met de komst van een kind wordt je hele leven op zijn kop gezet. Om te beginnen moet je de dynamiek van je relatie bijstellen: als jonge ouders verander je binnen de kortste keren van een leuk stel in een bankstel. Een kind 'nemen' om je relatie te redden is dan ook bijna net zo'n goed idee als je haar föhnen onder de douche – al levert dat laatste wel die felbegeerde vonk op. Soms dreigt de romantiek inderdaad te verzanden in een moeras van wegwerpluiers, maar het kan nu eenmaal niet alle dagen feest zijn. In het dagelijkse huwelijksleven zul je zelf voor het vuurwerk moeten blijven zorgen.

In iedere nieuwe levensfase is het raadzaam om een update te downloaden

We leven momenteel in het *Because I'm worth it*-tijdperk, waarin iedereen schijnt te denken dat hij of zij recht heeft op alles en verplicht is tot niets. Een vriendin van mij werd onlangs geconfronteerd met het treurige feit dat haar man al een jaar een relatie had met iemand anders. Zijn enige verklaring? "Hij miste iets." Hoe bedoel je – iets? Kun je niet wat specifieker zijn voordat je je vrouw en kinderen zoveel verdriet aandoet? Vroeger trouwde je 'tot de dood ons scheidt'. Dat heeft veel narigheid veroorzaakt want sommige mensen zijn echt beter af zonder elkaar. Maar tegenwoordig lijken we in het andere uiterste te zijn beland. Doorzetten is zó tweeduizend-nul. Zit het even tegen? Beetje weinig aandacht? Buurvrouw kan zo lekker koffie zetten? Allemaal redenen om de handdoek in de ring te gooien. Het wrange is echter dat je jezelf meeneemt naar die eventuele nieuwe relatie. Als daar de wittebroodsweken voorbij zijn, word je uiteindelijk toch weer met dezelfde problemen geconfronteerd. Sommige mensen doen heel luchtig over een huwelijk. De filmster Burt Reynolds noemde trouwen zelfs "de duurste manier om schoon wasgoed te krijgen". Best geestig, maar ik vind dat je het aan je kinderen verplicht bent om er alles aan te doen om de familie bij elkaar te houden. Natuurlijk hoef je je niet als een voetveeg te laten behandelen. Maar weglopen kan altijd nog.

Ik vind het ook niet altijd even makkelijk om al meer dan een decennium met Richard samen te zijn. We zijn niet dezelfde mensen die we waren toen we elkaar net leerden kennen. Om de zoveel tijd moet je je computer resetten; dan draait-ie al zo lang hetzelfde programma dat hij vastloopt. Waarom zou dat in een relatie anders zijn? In iedere nieuwe levensfase is het raadzaam om een update te downloaden; bijvoorbeeld in de vorm van een liefdesvakantie (zonder de kids!), waar je een paar diepgaande, goede maar vooral eerlijke gesprekken kunt voeren. In de media is alles gericht op jong en wild, maar in de grotemensenwereld kun je veel voldoening halen uit oud en vertrouwd. Het is niet mijn gewoonte om in mijn eigen column iemand anders het laatste woord te geven, maar zelden heb ik de liefde zo mooi omschreven horen worden als in de film *Captain Corelli's Mandolin*: "Liefde is geen ademloosheid, het is niet de opwinding, niet de belofte van eeuwigdurende passie. Dat is niks meer dan verliefd zijn, een gevoel waarvan iedereen zichzelf kan wijsmaken dat hij het is. Liefde is wat overblijft wanneer de verliefdheid is opgebrand. Dit is zowel een kunst als een gelukkig ongeluk. Je moeder en ik hadden het. We hadden wortels die onder de grond naar elkaar toe waren gegroeid. En toen alle mooie bloesem van onze takken was gevallen, ontdekten wij dat we één boom waren, en niet twee."

Waterlanders

Ik ben iemand die vrij snel huilt. Er zijn nu eenmaal een heleboel dingen waarvan ik geëmotioneerd raak. Zo had Alec laatst een briefje op mijn bureau gelegd: "Mama je bent lief van de heele weerolt." Van zoiets gaan mijn ogen meteen prikken. Maar ik huil ook bij de emoporno van *Spoorloos*, bij de liedjes van John Mayer en natuurlijk bij de mierzoete eindes van Disney-films. Laatst nog bij *Ratatouille*, toen de knorrige vader en zijn opstandige zoon elkaar toch weer in de armen sloten. Dat raakte bij mij zo'n gevoelige snaar, dat ik zat te snotteren in de bioscoop. "O jee", fluisterde Richard lachend, "moet je weer ongesteld worden?" Mannen begrijpen niks van vrouwentranen. Tot het twaalfde levensjaar huilen jongens en meisjes echter evenveel. Daarna komt bij meisjes de productie van prolactine op gang; een hormoon dat niet alleen de melkklieren stimuleert, maar ook de traanklieren. Uiteindelijk hebben vrouwen zestig procent méér prolactine in hun lichaam dan mannen en blijken daardoor gemiddeld zo'n vier keer vaker te huilen.

Mannen huilen ook, alleen over heel andere dingen

De heren hoeven zich hier dus niet emotioneel superieur over te voelen – het is gewoon een kwestie van lichamelijke aanleg. En daarbij: mannen huilen ook, alleen over heel andere dingen. Bij programma's als *Spoorloos* moet ik huilen als ik zie hoe moeders hun kinderen missen. Dat vinden mannen vaak overdreven, terwijl zíj moeten huilen als ze zien hoe voetballers hun penalty's missen. Lekker belangrijk! Maar er is nog een verschil. Vrouwelijke traanklieren zijn dusdanig gevormd dat tranen bij een huilbui over de wangen biggelen. Bij mannen is dat anders; bij hen lopen de ogen wel vol, maar in 75 procent van de gevallen rollen de waterlanders niet naar beneden. Daardoor lijkt het alsof mannen zich beter kunnen beheersen. Een huilende vrouw is in de publieke opinie al snel hysterisch, terwijl er bij een man eerder gedacht wordt: "Tjonge, hij zal wel echt verdrietig zijn." Zo heeft Bill Clinton een aantal malen in het openbaar gehuild, wat hem tot een 'warme' president maakte. Maar als Hillary het in haar hoofd had gehaald om een potje te gaan janken, had zij het presidentschap alleen daarom wel kunnen vergeten.

Ook Kate McCann, de moeder van de vermiste Madeleine, zit gevangen in de stereotypering van het vrouwelijke huilen. Omdat zij publiekelijk niet veel huilde, werd ze door heel wat mensen weggezet als koud en niet-moederlijk. Maar toen zij onlangs in een tv-interview een enorme huilbui kreeg, was het wéér niet goed: veel kijkers vonden haar hysterisch en theatraal. Toch is het goed dat Kate zich even helemaal liet gaan, want huilen lucht enorm op. Het verwijdert niet alleen stress en gifstoffen uit het lichaam, maar geeft naderhand ook een hernieuwd perspectief. Ik kan echter ook huilen van geluk, omdat ik op dat moment overweldigd ben door mooie indrukken. Lachen en huilen liggen wat mij betreft heel dicht bij elkaar, want wat is er lekkerder dan huilen van het lachen? Het is allebei een ontlading van ontroering en ergernis, van stress en schoonheid, van afscheid en weerzien. Misschien zegt de kinderboekenheld Dr. Seuss het nog het beste: "Huil niet omdat het voorbij is, maar lach omdat je het hebt mogen meemaken."

De oorlog in Orlando

Daar gingen we dan – stuiterend van de opwinding naar het Amerikaanse Orlando, waar het aanbod aan duizelingwekkende pretparken, waterparken en dierenparken het verstand te boven gaat. Emma en Alec konden van opwinding niet slapen (Mickey Mouse! Achtbanen in het donker! Zwemmen met dolfijnen!), maar eerlijk gezegd vonden Richard en ik het ook hartstikke leuk; zeker nu de kinderen wat ouder zijn. Terwijl we op het vliegveld van Atlanta zaten te wachten op onze vlucht naar Orlando, viel mij plotseling op hoeveel militairen-op-verlof er rondliepen. Hoe beter je keek, hoe meer je er zag: relatief jonge mannen, meestal in beige camouflagekleding, met het Irakese zand letterlijk nog onder hun schoenen. Eén van deze mannen ging naast ons zitten, deed zijn laptop open en begon doodgemoedereerd filmpjes te bekijken die hij in Irak had gemaakt: zanderige dorpen met lachende kinderen, beelden die uit een helikopter leken te zijn geschoten en filmpjes van andere soldaten in de woestijn.

"Mama", fluisterde Alec, "is dat nou een oorlogsman?"

Door de aanwezigheid van deze militair voelde ik me erg opgelaten. Want daar zat ik dan, met mijn zorgeloze gezin op weg naar een zorgeloze vakantie, naast zo'n man die vorige week misschien nog onder vuur had gelegen. Wie weet waar hij was geweest, wat hij had gezien en wat hij had moeten doen. Amerika is een land in oorlog; dat merk je al in het vliegtuig, waar ze vóór de start vertellen dat het bij de wet is verboden om 'samen te scholen' in de gangpaden en bij de toiletten. Nu moet ik altijd met Alec mee naar de wc, omdat hij bang is dat hij zijn deur niet meer open krijgt. Daar werd ik dit keer toch een beetje zenuwachtig van: knijp af schat, anders is mama straks nog aan het samenscholen. Eenmaal in Amerika, moet je bij de douane zelfs je schoenen uittrekken alvorens je zéér grondig wordt gefouilleerd. Het is net alsof je op de veemarkt staat: al je intieme delen worden uitvoerig beknepen, bepoteld en bevoeld. Toch had ik er geen moeite mee. Juist de aanwezigheid van die verlofgangers bracht de 'war on terror' gevoelsmatig dichterbij dan ooit.

Voor ons Nederlanders is de oorlog in Irak ergens in Verweggistan. We weten ervan, zijn het vaak niet met de gang van zaken eens, maar zijn er ook niet dagelijks mee bezig. Veel Amerikaanse soldaten die uit oorlogsgebieden zijn teruggekeerd, klagen over de desinteresse die hun thuis te wachten staat. Maar het is ook bijna schizofreen: ik ben op weg naar een droomvakantie, mijn buurman komt terug uit de hel. "Mama", fluisterde Alec, "is dat nou een oorlogsman?" Ja lieffie, dat klopt. "Ik dacht dat oorlogsmannen er veel gevaarlijker uitzagen", zei Emma. "Dit lijkt wel een gewone papa." Dat het inderdaad gewone papa's zijn, zag ik later in Disneyworld. Daar liep een vader, overduidelijk een soldaat, met zijn vier kleine kinderen. Hoe lang was hij weggeweest? Wanneer moest hij weer terug? En wat vond hij van dit surrealistische, suikerspinroze intermezzo? Terwijl ik 's ochtends met een blij huppelende Alec uit onze hotelkamer liep, stapte ik boven op de krant. Op de voorpagina prijkte een foto uit Libanon, van een bebloede moeder en haar huilende zoontje. "Have a nice day!" riep de conciërge.

Therapie in lingerie

Vorige week heb ik in het SBS-programma *Reportage* een wonderlijke 'documentaire' gezien over de Bunny Ranch, een schijnbaar legendarische hoerenkeet in het Amerikaanse Texas. Voor zo'n bekend bordeel vond ik het nogal armetierig ingericht met gebloemde spreien, witte schemerlampen en een bruinig tapijt. Maar ik begrijp heus wel dat mannen de Bunny Ranch niet frequenteren voor de kleur van het behang; ze komen daar voor hun geestelijke gezondheid. Tenminste, dat vertelde één van de geïnterviewde dames. "Ik zie mezelf als een sekstherapeute", lachte ze. "Wij doen hier veel goed werk." Dat bleek maar al te waar. Ik vond het eerlijk gezegd reuze interessant om nu eens te zien met wat voor soort klanten een prostituee te maken krijgt. Voor de meeste vrouwen is een bordeel namelijk een gesloten bastion. Een ondoorgrondelijke plek waar alle mannen ooit wel eens geweest schijnen te zijn, terwijl je als vrouw geen idee hebt wat zich daar afspeelt. Ik dacht altijd aan wilde bacchanalen met mooie dames in bubbelbaden, maar dankzij de Bunny Ranch weet ik nu beter. Het is welzijnswerk op hakken. Therapie in lingerie.

Mannen durven hun vrouw vaak niet te vragen wat ze zouden willen

De eerste klant was een timide jongen van 22 jaar wiens moeder vond dat hij nu maar eens ontmaagd moest worden. Tot mijn verbijstering ging moederlief zelfs met haar zoon mee naar binnen en vertelde aan de prostituee in het peeskamertje "dat zij hem maar eens lekker onder handen moest nemen". Aan de bar pochte een dikbuikige man van achter in de zestig tegen een jongedame dat hij 'heel goed was met zijn tong'. Beter dan gemiddeld, voegde hij er glimmend aan toe. Terwijl ik thuis van ellende uit mijn stoel viel, bleef de prostituee enthousiast kirren van plezier. Even later zei één van de geportretteerde dames: "Weet je waarom er geen bordelen zijn voor vrouwen? Omdat mannen geen erectie kunnen *faken*." De medewerksters van de Bunny Ranch hadden echter geen enkel probleem met doen-alsof: zelfs de meest sukkelige klant werd als een ware seksgod behandeld. Dat mag ook wel, voor duizend dollar per uur. De hoerenkeet draaide soms wel een omzet van een miljoen dollar per maand, zei de trotse eigenaar, die geregeld met zijn eigen personeel van bil bleek te gaan. Daar hoefde hij niet voor te betalen, want de meeste meisjes zagen hem naar eigen zeggen als een 'vaderfiguur'.

In de documentaire schitterde verder nog een echtpaar dat binnenkort ging trouwen, waarbij de vrouw haar man als verrassing een wipje in de Bunny Ranch cadeau had gedaan. En een verdrietig ogende weduwnaar die twee jaar na de dood van zijn vrouw 'weer op gang wilde komen'. Toen de prostituee in haar blote kont voor hem stond te draaien, verzuchtte hij: "Mijn vrouw had vroeger ook zulke mooie billen." Maar de meeste echtgenotes van bordeelbezoekers zijn verre van dood; ze zijn alleen levenloos in bed. "Mannen durven hun vrouw vaak niet te vragen wat ze zouden willen", doceerde één van de sekstherapeuten. "Als hun vrouw de hele dag heeft lopen poetsen, koken en stofzuigen, durft hij 's avonds niet óók nog eens om orale seks te vragen." Ach gossie. En dat terwijl het zo makkelijk is. Je roept gewoon: "Liefje, kun je onder de lakens nog effe verder zuigen?"

The great blackout

Juichende koppen in de krant: wetenschappers hebben nu definitief bevestigd dat de mannelijke en vrouwelijke hersenen van elkaar verschillen! Wat blijkt? Vrouwen krijgen meer informatie binnen: ze horen, zien, voelen en ruiken beter. Mannen echter lossen sneller iets op omdat ze zich bij het denken niet laten storen. Mannen gebruiken namelijk vooral de 'mechanische' kant van hun brein en kunnen zich daardoor beter op één ding concentreren. Bij vrouwen is er meer communicatie tussen beide hersenhelften, waarbij het gros van de hersenactiviteit zich concentreert in het verbale en emotionele centrum. "Geef maar eens een pop aan een tweejarig kind", zei de Amerikaanse psycholoog en onderzoeker Michael Gurian. "Voor een meisje komt de pop meteen tot leven, maar de meeste jongetjes zullen vooral proberen om het hoofdje eraf te trekken." Tja. Als moeder van een zoon en een dochter ben ik niet erg verrast door de resultaten van dit 'baanbrekende' onderzoek. Natúúrlijk werkt het mannelijke brein anders dan vrouwelijke hersenen.

Je gaat immers niet in bed liggen klooien terwijl de koelkast staat te ontdooien

Probeer maar eens aan je man te ontfutselen waar hij het met z'n beste vriend onder een potje biljarten over heeft gehad. "Hoe bevalt zijn nieuwe baan?" "Eh... niet over gehad." "En hoe voelt hij zich nu zijn vriendin is weggelopen?" "Eh... vergeten te vragen." "Was dat moedervlekje van hem nu kwaadaardig?" "Eh... weet ik niet meer." Onder vriendinnen is dit ondénkbaar. Laatst zat ik in de auto te luisteren naar het belspelletje 'feit of fabel' van radio Veronica, waarbij je dit keer moest raden of er negen maanden na de massale elektriciteitsstoring van 1965 sprake was van een geboortegolf in New York. Tijdens deze Great Blackout hadden namelijk miljoenen mensen 25 uur zonder stroom gezeten. Licht uit, seks aan? Ik geloofde er niks van – en het bleek ook een fabel te zijn. Hoewel ik meteen aanneem dat de New Yorkse mánnen graag tussen de lakens waren gedoken, zijn vrouwen daar veel te praktisch voor. Je gaat immers niet in bed liggen klooien terwijl de koelkast staat te ontdooien. Daar staat tegenover dat mannen het op hun beurt totaal ónpraktisch vinden wat wij allemaal in onze vakantiekoffer proppen.

Volgens een recent krantenbericht neemt een man alleen teenslippers, een bermuda en een T-shirt mee, terwijl moeder-de-vrouw tot zijn grote ergernis hele regenjassen meezeult naar Curaçao – want stel dat het slecht weer wordt. En stel dat we chic uit eten gaan, dan moet dát jurkje mee, met díé hakjes. En de fietshelmen, want stel dat ze die niet verhuren. En Norit natuurlijk, want die olijfolie wil d'r nog wel eens uitspuiten bij onze Jan. En de föhn. Een extra kussen. Lekker warm ondergoed. Hollandse koffie. Boterhammetjes. Met onze twee hersenhelften denken wij vrouwen altijd vooruit – want je weet maar nooit. Toen de Amerikaanse Karrie Jeremiah vorige week in de prullenbak van een cafeetje een kraslot zag liggen, dacht ze: "Stel dat iemand de nummers niet goed heeft gecontroleerd..." Een man zou waarschijnlijk (terecht) redeneren: "Wat is dáár nou de kans op?" Maar ja, je weet maar nooit. En inderdaad: het weggegooide papiertje bleek maar liefst 100.000 dollar waard te zijn. Toen de vorige eigenaar van het winnende kraslot dit in de krant las, heeft hij ongetwijfeld een pop gepakt en héél hard het hoofdje eraf getrokken.

Alecs grote hart

Vandaag wil ik maar één ding: slapen. Ik heb de afgelopen week op Radio Noordzee het programma van Gordon mogen overnemen en ik voel me als een taart die in de regen heeft gestaan. Het was ongelooflijk leuk om te doen, maar ik begrijp werkelijk niet hoe Gordon het volhoudt om iedere ochtend om 06.00u in de studio te zijn. Ik ben helemaal geen ochtendmens, dus ik stond 's ochtends om 05.00u te hallucineren naast mijn bed. Ze hadden beter Richard kunnen vragen, want die stond de hele week uit solidariteit samen met mij op. Maar terwijl ik als een dweil de taxi inrolde, ging hij fris en vrolijk in zijn fitnessruimte "effe lekker een uurtje steppen". Misschien ben ik 's ochtends zo brak omdat ik heel licht slaap. Ik hoor namelijk alles. Een paar nachten geleden stond Alec trillend naast mijn bed. Nog vóórdat hij over de drempel van onze slaapkamer was gestapt, had ik zijn aanwezigheid echter al gevoeld. Volgens mij is dat het zesde zintuig van moeders; een 'kinderantenne' die vaders (vooral 's nachts...) schijnen te missen.

Terwijl ik als een dweil de taxi inrolde, ging Richard fris en vrolijk in zijn fitnessruimte

Zo werd Richard ook deze keer niet wakker toen Alec snikkend zijn verhaal deed. "Mama", piepte mijn kleine mannetje, "ik ben zo bang!" Terwijl hij bibberend naast me onder de dekens schoof, vroeg ik of hij soms eng had gedroomd. "Nee-hee", zei hij, "het is véél erger! Moet je maar voelen!" Alec pakte mijn hand en legde die op zijn borstkas. (Nou ja, 'borstkas', Alec is meer het type gespierde garnaal.) "Voel je dat?" vroeg hij met grote schrikogen. Eh – wat? "Die klok! Er zit een klokje in mijn buik! Hoe kan dat nou, mama?" Schatje... dat is je hárt. Dat is een soort batterij in je buik, waardoor je blijft leven. "Ik wil geen batterij in mijn bui-hui-huik..." snikte Alec. "Dat vind ik eng! Straks doet-ie het niet meer!" Ach gossie. Drie turven hoog en nu al existentialistische angsten. Ik legde Alecs handje op Richards grote borstkas en liet hem zijn hartslag voelen. In tegenstelling tot Alecs snelle rikketik heeft Richard een zware, bonzende hartslag. Richard sliep hier uiteraard dwars doorheen, maar Alec was behoorlijk onder de indruk.

"Krijg ik later ook zo'n groot hart, mama?" vroeg hij zachtjes. "Alleen als je heel veel boontjes eet", antwoordde ik met de onwrikbare logica die moeders eigen is. Maar wat Alec niet weet, is dat hij zijn grote hart allang gevonden heeft. Het is een heel gevoelig mannetje, die onderweg naar huis vaak een bloemetje plukt voor zijn mama. Weliswaar uit de tuin van de buurman, maar toch. Alec is dan ook een echte romanticus. Nadat we samen het boekje *Raad eens hoeveel ik van jou houd* hadden gelezen, waarin de twee haasjes concluderen dat ze van elkaar houden tot aan de maan, keek Alec me liefdevol aan en zei: "Mama, ik hou van jou... tot aan de kast." Maar zijn Grote Liefde, dat is nog steeds Floortje, het feetje van de crèche. Hun genegenheid heeft dan ook een stevig fundament. Want toen ik hem vroeg wat hij nu precies zo leuk vindt aan Floortje (Zijn het haar mooie blonde haren? Haar caramelkleurige ogen?) zei hij: "Ze kan zo mooi bananen tekenen."

Diamant

Er wordt veel geklaagd over 'de jeugd van tegenwoordig', maar soms staat er een jongere op die als voorbeeld kan dienen voor velen. Terrell Pough, een achttienjarige zwarte Amerikaanse jongen uit Philadelphia, is zo iemand. Tot zijn zestiende verjaardag was hij een echt straatkind: omdat zijn moeder niet voor hem kon zorgen en zijn vader spoorloos was, zwierf Terrell vooral over straat in de achterstandsbuurt Germantown. Hij woonde bij zijn opa en oma, maar die hadden hun opstandige kleinzoon niet altijd in de hand. Nadat hij ook nog zijn vijftienjarige vriendinnetje Charmaine zwanger had gemaakt, leek Terrell voor eenzelfde soort leven als zijn vader bestemd. Maar toen werd zijn dochtertje Diamond geboren. De inmiddels zeventienjarige Terrell keek haar in de ogen en besloot ter plekke om zijn leven radicaal te gaan veranderen. Omdat hij vond dat zijn exvriendin Charmaine niet genoeg tijd en energie in hun dochtertje stak, besloot Terrell om Diamond alleen te gaan opvoeden.

"Ik wil een beter leven voor mijn dochter. Zij is waar ik voor leef"

Maar hoe? Hij had geen werk, geen opleiding en geen toekomst. Terrell moest dus terug naar school, maar omdat zijn grootouders geen substantiële bron van inkomsten hadden, moest hij naast zijn school ook nog een baan zien te vinden. En dat lukte. Twee jaar lang bracht hij iedere ochtend om 07.45u zijn dochter Diamond naar de crèche, waarna hij naar school vertrok. Tussen de middag at hij samen met Diamond een broodje om daarna weer verder te gaan met zijn lessen. Na schooltijd begon voor Terrell om 16.00u zijn werk als avondmanager van een fastfoodrestaurant. Hij mocht even naar huis om zijn dochter in bed te leggen, en werkte daarna door tot 22.00u. Bij thuiskomst moest hij dan eerst tot na middernacht zijn huiswerk maken, waarna het hele circus weer van voren af aan begon. Maar Terrell deed het met veel liefde, want zoals hij afgelopen zomer tegen het Amerikaanse blad *People* zei: "Ik wil een beter leven voor mijn dochter. Zij is waar ik voor werk, waar ik voor leef, de reden waarom ik 's ochtends opsta. Zij is alles."

Het artikel over de achttienjarige jongen die als alleenstaande vader in het ghetto met veel pijn en moeite zijn dochter op een goede manier wilde opvoeden, raakte de Amerikanen recht in het hart. Vanuit het hele land stroomden de donaties binnen: allerlei mensen wilden Terrell helpen met zijn huur en hij kreeg zelfs een Honda Accord aangeboden, zodat hij wat makkelijker heen en weer kon reizen tussen zijn school, de crèche, zijn huis en zijn werk. Terrell Pough werd een voorbeeld voor veel jonge, zwarte Amerikanen: zó kon het dus ook, schreven de kranten en zij plaatsten volop foto's van een gelukkige Terrell met zijn schattige dochtertje Diamond. Maar deze week las ik in *People* dat Terrell Pough is doodgeschoten. Twee jongens uit zijn buurt, waarvan er één zelfs bij hem in de klas zat, hadden het op zijn nieuwe auto voorzien. Terwijl Diamond nietsvermoedend lag te slapen, joegen zij de achttienjarige vader op de stoep van zijn huis een kogel door het hoofd. "Als mij ooit iets overkomt", zei Terrell tegen *People*, "dan kan niemand mijn dochter later vertellen dat haar vader niet alles heeft gedaan om voor haar te zorgen."

Snurkbeugel

Richard Gere snurkt. Dat zei hij in een interview met de Amerikaanse *Elle*. Om zijn vrouw, de actrice Carey Lowell, niet te hinderen heeft Gere een speciaal mondstuk laten aanmeten dat hij 's nachts draagt. *Mijn* Richard Gere met een antisnurkbeugel? Ik vond het moeilijk om me daar een mentale voorstelling van te maken. Gere is hét voorbeeld van een Leuke Man. Toen ik op de middelbare school zat, had ik de filmposter van *American Gigolo* op mijn kamer hangen. Ik vond hem razend aantrekkelijk in zijn rol als dure mannelijke prostituee, al was het achteraf gezien best nichterig allemaal. Dat loopje, die kleren. Maar ja, zo waren veel mannelijke sterren in de jaren tachtig. Neem Tom Selleck van *Magnum P.I.* Met zijn snor en zijn hoge, strakke spijkerbroeken kon hij zó tussen *The Village People*. Of Don Johnson, die in *Miami Vice* furore maakte in roze hemdjes onder groene jasjes. Toen ik als zeventienjarig fotomodel in Miami Beach aan het werk was, ben ik in mijn middagpauze nog eens bij de opnames van *Miami Vice* gaan kijken.

Don Johnson trok me meteen op de donkere set naar binnen "om een foto te maken". Op dat moment vond ik het geweldig, maar nu ik erop terugkijk was Johnsons gedrag behoorlijk, eh, apart. Maar goed. Ik had het over Richard Gere. Want na *American Gigolo* kwam natuurlijk *An Officer and a Gentleman*, waarna ieder meisje ervan droomde om door een officier in een wit pak uit de fabriek te worden gedragen. Een tamelijk onfeministisch uitgangspunt, maar wél lekker. En toen, op het toppunt van zijn roem, kwam opeens het broodje aapverhaal dat Gere door zijn toenmalige vrouw Cindy Crawford naar een ziekenhuis zou zijn gebracht met een hamster in zijn anus. Zoiets zou voor erotisch plezier zorgen, maar ten eerste hebben die beestjes loeischerpe nagels en ten tweede begrijp ik niet hoe je ze naar binnen zou moeten lokken. Met een struikje broccoli als vlaggetje in je *hole*? Het lijkt mij logistiek

Hoe zou je een hamster in je anus moeten lokken?

onmogelijk. Niet dat mensen geen rare dingen doen. Laatst las ik dat een man zich in het ziekenhuis had gemeld omdat hij "op een ui was gaan zitten". Dat overkomt mij nou nooit.

Gelukkig heeft Richard Gere zich nooit wat aangetrokken van dit bizarre hamsterverhaal. Hij deed *Pretty Woman*, werd prachtig grijs, kreeg een zoon en keek naar eigen zeggen veel Bob de Bouwer. Hij werd boeddhist, ging zich inzetten voor Tibet en raakte bevriend met de Dalai Lama. Hij deed de dansfilms *Chicago* en *Shall we Dance*, waardoor hij recentelijk nog in de problemen raakte doordat hij de Bollywoodster Shilpa Shetty in een dansbeweging achterover dipte en drie zoenen op haar wang gaf, waarna de Indiase politie een arrestatiebevel tegen hem wilde uitvaardigen wegens onkuis gedrag. En nu blijkt hij dus te snurken. Ik heb vanaf mijn tienertijd het hele spectrum met hem doorlopen: seksgod, trotse vader, vredesactivist, knappe vijftiger en bijna-zestiger met een snurkbeugeltje. Daar kunnen veel mannen een voorbeeld aan nemen, want hoevelen zeggen wel niet: *ik* heb geen last van mijn eigen gesnurk? Als zelfs Richard Gere een mondstuk draagt, is er voor niemand meer een excuus. Anders stop je er maar een ui in.

De snuffelslurf

Richard was de afgelopen week een paar dagen naar 'zijn' Wimbledon. Hij had er niet alleen vergaderingen met andere toernooidirecteuren, maar probeerde ook alvast wat topspelers warm te kneden voor een komst naar het ABN AMRO-toernooi in Rotterdam. Heel nuttig allemaal, maar het betekende wel dat ik thuis in mijn eentje verantwoordelijk was voor de bezigheidstherapie. Niks zo frustrerend als twee van die blije kleuters die zondagochtend om 07.00u op je bed staan te springen: "Mamaaaa – wat gaan we doen vandaaaaag?" En dus waren we de dag begonnen met een documentaire over haaien op *Discovery Channel*. Bloed doet het altijd goed. Toen de haaien echter surfboards en namaakzeehondjes doormidden begonnen te scheuren, kreeg ik een beetje spijt van mijn keuze. Vlak voordat een haai toehapt, trekt hij zijn ogen heel diep in zijn kassen. Die lege oogkassen vond ik zo mogelijk nog enger dan het rijtje messcherpe tanden. Emma en Alec niet; die zaten uitgelaten te stuiteren op hun stoel.

Ik geloof niet dat ze écht begrepen waar ze naar keken, want toen ik vertelde dat haaien ook wel eens in mensen beten, zei Alec vrolijk: "Daar moet dan zeker wel een grote pleister op!" Aan het einde van de documentaire haalde ik opgelucht adem, maar de kinderen hadden de smaak te pakken: die wilden nu wel eens een echte haai zien. Een halfuur later reed ik met mijn twee kleine ramptoeristen naar Burgers' Dierenpark in Arnhem. Daar hebben ze naast een Bush en een Desert nu ook een Ocean met metershoge aquaria tjokvol mooie vissen. Er is zelfs een glazen tunnel waarin de manta's sierlijk over je hoofd zwemmen. Maar dé attractie is natuurlijk de spectaculaire haaiengrot. Gelukkig zwommen er alleen een paar (relatief) ongevaarlijke haaien, want de bloeddorstige witte haai is veel te groot voor zo'n aquarium en hij zou bovendien binnen de kortste keren de hele grot uitmoorden. Dat kun

"Mamaaa! Die aap heeft jeuk aan zijn piemel!"

je de dagjesmensen niet aandoen. Een bezoekje aan de dierentuin moet vooral léúk blijven, want diertjes zijn lief en haaien kunnen net als Bruce in *Finding Nemo* heus besluiten om vegetariër te worden.

Helaas is de dagelijkse realiteit in de natuur niet altijd even salonfähig. Zo stond ik met Emma en Alec bij een prachtige weide vol mensapen, toen een grote aap pal voor onze neus uitgebreid begon te masturberen. Even hoopte ik nog dat ze het niet hadden gezien, maar het duurde niet lang of daar klonk het gevreesde: "Mamaaa! Die aap heeft jeuk aan zijn piemel!" Ik sleurde ze mee naar de olifanten, maar daar werd met tekeningen uitgelegd 'wat olifanten allemaal met hun slurf kunnen doen'. Naast wassen, eten, zwaaien en trompetteren, hing er ook een tekening van een olifant die zijn slurf tussen de billen van een andere olifant had, eh, geslurft. De dikhuiden bleken veelvuldig aan elkaars geslachtsorganen te ruiken. Ga dát maar eens kindvriendelijk ondertitelen. Op hetzelfde moment duwde een moeder haar hysterisch huilende kind mijn kant op, met de woorden: "Ga jij maar naar Daphne Deckers, die weet wel hoe ze jou moet opvoeden!" Mevrouw – ik heb geen idéé. En de uitleg over de snuffelslurf? Die heb ik simpel gehouden. Ik zei gewoon: "Wie wil er een ijsje?"

Eierstokpaardje

Waarom doet de gemiddelde man zo weinig aan de opvoeding of in het huishouden? Omdat vrouwen hen weinig *laten* doen. Misschien moeten we eens loskomen van wat ik het 'eierstokpaardje' noem: het waanidee dat moeders alles beter kunnen dan vaders. Áls hij dan eens de stofzuiger ter hand heeft genomen, ga dan niet lopen muggenziften dat-ie het in rechte banen had moeten doen. En áls hij eens spontaan de was heeft gevouwen, ga dan niet klagen dat er valse vouwen in zitten. En in hemelsnaam: weersta de verleiding om je man als één van je kinderen te behandelen. Dan brengt hij maar de verkeerde boodschappen mee – alles is beter dan dat je hem naar de supermarkt stuurt met een velletje papier waarop je de juiste etiketten hebt geplakt. Vaders zijn moeders met ballen – ze willen en *kunnen* ook 'moederen', maar dan wel op hun eigen manier. Maar eerlijk gezegd heb ik er zelf ook geregeld moeite mee om de regie uit handen te geven. Toen ik vorig jaar was uitgenodigd om een week in Villa Felderhof te verblijven, had ik niet alleen mijn eigen tas ingepakt maar ook alvast alle kinderkleren vooruit gewassen, gestreken en in setjes klaargelegd.

Mannen nemen het hele sociale leven sowieso wat lichter op

Zoals wel meer mannen is Richard tamelijk kleurenblind, al is 'kleuronverschillig' misschien een passender woord. Emma wil een oranje T-shirt bij haar roze broek? Tuurlijk meid. Alec wil in zijn Tarzan-pyjama naar school? Als die jongen dat nou leuk vindt... Maar ík vind dat soort fratsen helemaal niet leuk, dus ik had het gevoel dat ik alles tot in de puntjes moest voorbereiden. Ik kon mezelf nog net bedwingen om geen nummertjes bij de kleren te plakken, maar voor de rest had ik weinig aan het toeval (lees: aan Richard) overgelaten. Mannen hebben nu eenmaal heel andere prioriteiten. Toen ik eens voor Alec nieuwe kleren had gekocht, had Richard hem uitgerekend díé spullen aangetrokken om samen te gaan vissen. Bij thuiskomst zat Alec helemaal onder de stinkende modder. "Maar het was toch leuk?" was Richards verbaasde reactie op mijn donderpreek. En voor het eerst dacht ik: misschien heeft hij wel gelijk. Misschien moet ik op zulke momenten inderdaad wat meer door mijn neus ademen in plaats van uit mijn dak te gaan. Want waarom verander je als moeder toch zo snel in de plezierpolitie? Zodra het voor de kinderen ook maar een béétje leuk dreigt te worden (lekker in de sloot springen, pissebedden vangen en fijn mee naar je kamer nemen) komt bij mama al gauw het stoom uit haar oren. Vaders zijn veel speelser en daar kunnen moeders best nog wat van leren. Maar mannen nemen het hele sociale leven sowieso wat lichter op – soms zelfs iets té licht. Verjaardagen, bedankbriefjes, kerstkaarten? Moeder-de-vrouw houdt het wel bij.

Zo was ik laatst mijn boeken aan het signeren op een kinderbeurs toen er een man aan mijn tafeltje kwam staan. Zijn beste vriend was vader geworden, zei hij stralend. En nu wilde hij hem graag mijn boek *De geboorte van een gezin* cadeau doen. Of ik er iets leuks in kon schrijven? Natuurlijk. "Hoe heet zijn zoon?" vroeg ik. "Geen idee", stamelde de man. Hoe bedoel je – geen idee? Hij kon het zich domweg niet herinneren. "Ik ben nog wel zijn peetvader", zei de man schaapachtig, "maar zijn naam heb ik niet onthouden." Het kind van zijn beste vriend bleek al vijf máánden geleden te zijn geboren maar a) was hij als peetvader nog niet op kraamvisite geweest, b) had hij nog geen cadeautje gestuurd en c) kon hij zich niet eens de naam van de boreling herinneren. Deze man had duidelijk geen vriendin, want die had hem met de braadpan naar zijn petekind geslagen. Toen ik thuiskwam en het verhaal aan Richard vertelde, zei hij droog: "Ach, zijn vriend vindt het vast niet zo erg allemaal." Daar had hij waarschijnlijk nog gelijk in ook. Mannen vinden niks erg. Toen Alec mij onlangs met de was wilde 'helpen' en in plaats van een wastablet een blokje waterverf in de wasmachine had gestopt, kwam Richard niet meer bij van het lachen. Ik daarentegen was niet zo gecharmeerd van de blauwe was. Nadat ik flink boos was geworden op Alec, zei het arme kind met een piepstemmetje: "Jij wilt er zeker geen kinderen meer bij, hè mama..."

Van vamp naar kramp

Toen ik laatst 'ietwat prikkelbaar' was, vroeg mijn mannelijke collega: "Gôh Daf, heeft er iemand het lontje aan je tampon aangestoken?" Ha. Ha. Ha. Heel lollig. "Luister eens, popje", antwoordde ik, "stel je voor dat jij iedere maand een week uit je lul zou bloeden. Hoe grappig zou je dát vinden?" Maar ondanks mijn 'ietwat geprikkelde' antwoord, had hij wel gelijk. Uit nieuw wetenschappelijk onderzoek is namelijk gebleken dat je menstruele cyclus wel degelijk een flinke invloed heeft op je humeur, je emoties en je beslissingen. Eén week voordat je ongesteld moet worden, duiken de hoeveelheden van de hormonen oestrogeen en progesteron in je lichaam scherp omlaag. Hierdoor word je niet alleen humeuriger, maar ook gevoeliger voor pijn, stress en kritiek. Deze beruchte periode heet PMS; waarschijnlijk omdat de term gekkekoeienziekte al voor iets anders in gebruik is. Hoewel de pil de meeste van deze symptomen onder controle houdt, bestaat dit voorbehoedsmiddel natuurlijk nog niet zo lang.

Sinds het begin der tijden hebben mannen zich dan ook verwonderd over de maandelijkse bloeding – en het bijbehorende humeur. De Romeinen dachten bijvoorbeeld dat wijn spontaan zou verzuren als deze werd aangeraakt door een menstruerende vrouw. (Ongetwijfeld zijn er nu mannen die denken: "Hoezo bijgeloof? Bij mijn vrouw is dat nog steeds zo!") Het woord 'ongesteldheid' zegt het eigenlijk al: de menstruatie is heel lang bestempeld als een ziekte. In de meeste culturen waren menstruerende vrouwen onrein. Vaak moesten zij hun periode uitzitten in een speciale hut aan de rand van het dorp. Toen eind jaren dertig van de vorige eeuw veel mannen aan het front waren, moesten Amerikaanse vrouwen noodgedwongen in de fabrieken werken. De tampon, die was uitgevonden om op het slagveld bloe-

Deze beruchte periode heet PMS; waarschijnlijk omdat de term gekkekoeienziekte al in gebruik is

dingen te kunnen stelpen, werd nu ingezet om vrouwen achter de lopende band te kunnen houden. Een advertentie van Tampax uit 1938 zegt dan ook: "Bij het doen van mannenwerk is er geen plaats voor vrouwelijke handicaps!" De kerk protesteerde hevig tegen de introductie van de tampon, omdat het inbrengen erotische gevoelens zou losmaken in vrouwen.

Zoiets kan alleen iemand zonder vagina bedenken. Iedereen die wel eens na het zwemmen zo'n stroeve tampon heeft proberen te verwijderen, weet dat 'erotiek' niet het woord is dat als eerste in je opkomt. Maar de tampon gaf wel veel vrijheid; net als de pil, die de scherpe kantjes van de cyclus heeft afgevlakt. Maar heus niet alles in die cyclus is kommer en kwel. Halverwege de maand, als het oestrogeengehalte tijdens de ovulatie piekt, hebben vrouwen bijvoorbeeld veel meer zin in seks. Ze hebben ook meer zelfvertrouwen en kleden zich uitdagender. Heerlijk, als je haar zo glanst en je huid straalt. Alleen jammer dat je baarmoeder de week erna weer aanvoelt alsof iemand een pak vla staat uit te knijpen. Van vamp naar kramp – geen wonder dat mannen daar moeite mee hebben. Zoals die brave echtgenoot die in een campingwinkel om een doosje tampons kwam vragen. "Loopt u maar mee naar achteren", zei de man achter de toonbank, "daar heb ik de hengels staan." "Hengels?" zei de echtgenoot, "ik vroeg om tampons." "Uw vakantie is nu toch al bedorven", antwoordde de winkeleigenaar, "dus u kunt maar beter wat leuks gaan doen!"

Buikdansen

Vorig jaar had ik mij samen met mijn vriendin Susanne een beetje lacherig opgegeven voor een cursus buikdansen, maar gisteravond was het dan zover. 's Middags hadden we nog zenuwachtig heen en weer gemaild over de meest essentiële vraag: wat moeten we áán? Uiteindelijk gingen we maar gewoon in een joggingbroek. Dat droeg natuurlijk niet echt bij aan de exotische sfeer, maar daar is bij mij toch nog totaal geen sprake van. Het *NRC* schreef een tijdje geleden een artikel over de oplaaiende interesse voor buikdansen, met de fijngevoelige vermelding dat het vooral populair was onder "autochtone vrouwen met heupen als Edammer kazen". Toen ik de afgelopen weken tegen een aantal mensen vertelde dat ik ging buikdansen, zeiden ze zonder uitzondering: "Maar je hebt helemaal geen buik!" Neehee, en dat hoeft ook niet. Iedereen kan buikdansen: dik, dun, oud, jong, met heupen van Edammer kaas of billen van cottagecheese. "Het gaat juist om het loslaten", zei onze buikdanslerares Roos, "niet krampachtig die buik inhouden en vooral niet te bewust zijn van eventuele imperfecties. Vrouwelijkheid komt in heel veel vormen, dus laat je buik gewoon lekker los."

Dacht ik met iets kittigs bezig te zijn, bleek het kunst te moeten wezen

Die houden we erin. Wie nog steeds Sonja Bakkert vanwege een paar extra kerstkilo's, kan vanaf nu gewoon zeggen: "Ik heb helemaal geen buik, ik heb 'm losgelaten!" 'Buikdansen' is eigenlijk een verkeerde benaming. De oorspronkelijke naam is *rasqs sharqi*: oriëntaalse dans. In 1893 traden op de wereldtentoonstelling van Chicago een groep Algerijnse danseressen op, wier oriëntaalse dansbewegingen door de Amerikaanse pers als 'buikdansen' werd uitgelegd. Die benaming is vervolgens altijd zo gebleven, hoewel het bij het buikdansen niet zozeer om de buik als wel om de heupen draait. Die moet je laten wiegen, trillen en draaien om zo het mooiste van een vrouwenlichaam te accentueren. Tenminste – dat is de theorie. In de praktijk accentueerde ik tijdens de eerste les vooral mijn eigen houterigheid. "Veel mensen hebben een verkeerd beeld van buikdansen", doceerde Roos. "Het gaat niet om het verleiden van mannen. Ik zie het meer als een kunstvorm." Dat was nou jammer. Dacht ik met iets kittigs bezig te zijn, bleek het kunst te moeten wezen.

Niet dat mijn gestuntel ook maar íémand zou verleiden, want ik was Shakira noch Xavièra. De sierlijk draaiende armbewegingen van Roos leken bij mij nog het meest op het klapwieken van een Hollandse windmolen. Gelukkig gingen we halverwege de les leren hoe we iets spannends moesten doen met een sluier; dat leidde de aandacht tenminste even van mijn lichaam af. Maar waar de andere cursisten een kleurige sjaal hadden veroverd, bleef er voor mij alleen nog een grote lap van witte voile over, waardoor ik het gevoel had dat ik niet al te sensueel stond te hannesen met een douchegordijn. Ondanks dit ietwat stroeve begin heb ik nu al zin in de rest van de cursus. Ik heb zelden zó gelachen. Tel daar de heerlijke muziek van Tarkan bij op en je hebt een prima avondje uit. "Doe eens wat voor!" riep Richard bij thuiskomst enthousiast. "Tja", zei hij na afloop. "Je doet in ieder geval weer eens wat aan beweging." Dat was tamelijk oncharmant, maar een huwelijk is net als buikdansen. Soms moet je dingen gewoon loslaten.

Platte papa

Richard is de afgelopen maand veel weggeweest. Eerst naar New York, toen naar Spanje voor een cursus Spaans bij de nonnen in Madrid, toen naar Parijs voor zo'n oude-knarren-toernooi en van daaruit door naar Duitsland voor een etappe uit de wielertour ten bate van zijn Foundation. Nu is Richard zelf ook veel liever thuis dan onderweg, maar het ging helaas even niet anders. Gelukkig hoeft hij de hele maand oktober niet meer naar het buitenland, want ik begon me een beetje een alleenstaande moeder te voelen. Als kers op de taart las ik ook nog een brief in de 'Wat U Zegt'-rubriek van *De Telegraaf*, waarin een man schreef dat ik nu maar eens moest stoppen met mijn "hardwerkende-moeder-act", want ik was tenslotte met een "tennismiljonair" getrouwd en zat niet ergens achter de kassa. Tjonge. Dáár knapte ik van op. Toen we op een avond met z'n drieën aan tafel zaten en de kinderen hun vader misten, zei Emma opeens: "Op zolder staat toch zo'n levensgrote, kartonnen papa-pop van het vorige ABN AMRO-toernooi? Kunnen we die niet op zijn stoel zetten?"

Zo'n levensgrote, kartonnen papa-pop. Kunnen we die niet op zijn stoel zetten?

We kregen al de slappe lach van het idéé, maar een paar dagen later zag ik tot mijn verbazing op CNN dat dit voor veel Amerikaanse gezinnen bittere ernst is. Papa's (maar soms ook mama's) die door het Amerikaanse leger in Irak of Afghanistan zijn gestationeerd, zijn vaak maandenlang van huis. Speciaal daarvoor zijn de Flat Daddy's ontwikkeld, oftewel de platte papa's: levensgrote, kartonnen fotopoppen die meedraaien in het gezin. Flat Daddy zit aan bij het ontbijt, Flat Daddy gaat mee naar schooluitvoeringen, Flat Daddy krijgt iedere dag een schoon T-shirt of bloesje aan. Een zekere Megan vertelde dat haar Flat Daddy-echtgenoot ook meereed in de auto als ze 's ochtends de kinderen naar school bracht. Daarnaast nam ze hem naar alle familiefeestjes mee, zodat papa er 'gewoon' bij was. De kartonnen mannen gaan ook geregeld met andere platte papa's op de foto tijdens speciale Flat Daddy-party's, die alle achterblijvers een hart onder de riem moeten steken. Ik weet niet wat ik hiervan moet vinden. Is het treurig? Bizar? Gekunsteld? Of is het juist een geweldige vondst die kinderen houvast geeft in deze voor hen zo moeilijke tijden?

Terwijl de échte Flat Daddy's waarschijnlijk niets liever zouden willen dan méér thuis zijn, kent Amerika ook nog een ander fenomeen: dat van de kindervakanties voor ouders. Vaders en moeders die hun kinderen even helemaal zat zijn, kunnen op een razend populaire 'ontsnappingsvakantie' zoals die van Camp Get Away in Californië. Daar mag je dan de hele dag verstoppertje spelen, zingen rond het kampvuur en andere kinderspelletjes doen. Gecombineerd met massages, manicures en een paar flessen sterke drank is dit een succesformule die zijn weerga niet kent. "Even geen mamamama-mama, geen man en geen verplichtingen", straalde een moeder die al voor de derde keer naar Camp Get Away was gekomen, "hier kan ik zélf kind zijn." Soms lijkt het wel of de werkelijkheid zo onverdraaglijk is geworden, dat steeds meer mensen hun toevlucht zoeken in kunstgrepen: mama is niet overwerkt, mama wil gewoon een weekje touwtjespringen en ballengooien. En papa schiet niet met een gevaarlijk boordkanon, papa is van veilig bordkarton.

Ötzi-baby

Het Zuid-Tiroler Museum voor Archeologie, de thuisbasis van de befaamde *Ötzi*, krijgt bijna dagelijks brieven van vrouwen die een kind van hem willen. Ötzi, dames en heren, is een 5000 jaar oud verschrompeld lijk. Hij is in tamelijk goede conditie, dat wel. Maar toch – het is een lijk. Meer dan tien jaar geleden werd hij in bevroren toestand gevonden, hoog in de besneeuwde bergtoppen van het Ötztal. Onze Ötzi stierf met een pijl in zijn rug; waarschijnlijk is hij doodgebloed of onderkoeld geraakt. Of allebei. Hoe dan ook was deze *iceman* een fantastische archeologische vondst, mede dankzij het unieke feit dat zijn prehistorische kleding, wapens en zelfs maaginhoud grotendeels bewaard waren gebleven. In 2000 hebben ze de bevroren Ötzi héél voorzichtig ietsjes opgewarmd, zodat er wat DNA kon worden afgenomen voor nader onderzoek. En toen begon het gedonder. Want opeens bleken massa's vrouwen wel wat te voelen voor een Ötzi-baby.

Bij de eerste brieven dacht museumdirecteur Alex Susanna nog aan een grap, maar toen de stroom aanvragen de afgelopen jaren niet verminderde, voelde hij zich genoodzaakt om een officieel statement naar buiten te brengen. Nee, het was níét mogelijk om je op enigerlei wijze door Ötzi te laten bevruchten, temeer omdat zijn geslachtsorgaan reeds enige duizenden jaren geleden was ontbonden. Hè, da's nou jammer. Want waarom zou je een kind willen van een viriele jongeman van je eigen leeftijd als je ook een baby kunt baren van een 5000 jaar oude mummie? Daar kan Anna Nicole Smith nog een puntje aan zuigen. Dit ex-*Playboy*-model trouwde op 24-jarige leeftijd met de 87-jarige Texaanse oliebaron Howard Marshall. Nadat de ouwe baas op 90-jarige leeftijd stierf, kreeg Anna Nicole na een heftige juridische strijd 100 miljoen euro uit de erfenis. De rondborstige Anna Nicole is altijd uitgelachen om haar met veel tranen gebrachte be-

Sommige dingen veranderen in geen 5000 jaar

wering dat ze écht, heus waar, zielsveel van de stokoude Howard had gehouden. Maar nu gezonde, jonge vrouwen massaal een kind van de uitgedroogde *iceman* willen, blijken er toch méér gerontofielen te zijn dan ik dacht.

Of ligt de oorzaak ergens anders? Is de moderne man in vergelijking met de stoere Ötzi soms te veel een watje geworden? Met zijn bierbuik jaagt-ie in de kantoortuin hoogstens nog op zijn secretaresse. Nee, dan de Iceman. Hij droeg kunstig bewerkte kleding en schoenen van gevlochten gras en geitenleer, met op zijn hoofd een muts van berenhuid. Naast een pijl en boog met een houder pijlen, een dolk en een koperen bijl, droeg hij ook nog een houten rugzak en twee 'opbergdozen' met daarin houtskool en vuursteentjes. Ja, onze Ötzi kreeg de BBQ wel aan, daar had-ie geen aanmaakblokjes bij nodig. In zijn darmen vonden de onderzoekers (minuscule) stukjes prehistorisch brood, iets van een groente of een kruid en vlees. Als 's mans liefde toen ook al door de maag ging, was Ötzi makkelijk te plezieren. Ach, de prehistorische man, de 'nobele wilde'. Daar willen we toch allemaal wel een baby van? "Die pijl in z'n rug was vast van zijn echtgenote", loste Richard achteloos een archeologisch raadsel op. "Hij had daar hoog in de bergen natuurlijk een geheim afspraakje met een hete holenvrouw." Sommige dingen veranderen in geen 5000 jaar.

Jongens plagen

"Mama", zei Emma laatst, "ik heb van de andere kinderen op school iets gehoord maar ik weet niet precies wat ze ermee bedoelen." Wat dan? "Nou, ze zeiden: jongens plagen is kusjes vragen." Lieve help, bestaat die antieke kreet nog steeds? Ik dacht trouwens dat het andersom was (méísjes plagen is kusjes vragen) maar het komt op hetzelfde neer: de seksualiteit doet haar intrede. Niet dat zesjarige kinderen al weten wat seks is. Toen ik vorig jaar op de cover van het *AD-Magazine* stond, trok ik mijn spijkerbroek iets omlaag, waardoor er een stukje blote buik te zien was. Het was een beetje sexy bedoeld, want ik ben dan wel moeder geworden maar ook vrouw gebleven. (Niet dat het geholpen heeft. Als moeder Deckers wordt mij nog steeds de sensualiteit van een pannenlap toegedicht.) Maar goed, toen die uitdagend bedoelde cover bij mij thuis op de keukentafel lag, tuurde Emma een tijdje naar de foto en vroeg toen: "Mama, moest jij soms plassen?" Ondanks hun onwetendheid voelen kinderen wel vanalles; ze kunnen het alleen nog niet thuisbrengen.

Voor mij hoeft het nog niet zo medisch; ik ben tenslotte moeder en geen uroloog

Emma en haar vriendinnetjes spelen bijvoorbeeld graag 'pakkertje' met de jongens op het schoolplein, waarbij ze druk giechelend en met rode blosjes in de rondte rennen. Voor hen is het gewoon tikkertje, maar eigenlijk is het flirten voor beginners. Emma is ook al 'verliefd' op een jongetje bij haar in de klas. Ze is er stellig van overtuigd dat ze later met hem gaat trouwen, want dat hoort zo. Het blijft me verbazen hoe traditioneel kinderen denken. Ik probeer Emma en Alec zo neutraal mogelijk op te voeden, maar het is toch altijd weer Barbie die in handen valt van de slechterik en Action Man die haar moet komen redden. Toen ik laatst eens voorzichtig opperde dat Barbie misschien ook eens Action Man te hulp kon komen, keken de kinderen mij verbijsterd aan. "Mamaaaa", rolde Emma met haar ogen, "Barbie heeft toch hakken aan!" Ah, natuurlijk. Discussie gesloten. Vorige week vroeg Emma aan mij hoe grote mensen nu eigenlijk een baby maken. Omdat we afgelopen zomer pitjes hadden geplant waar prachtige zonnebloemen waren uitgekomen, begon ik iets te hakkelen over "papa die een zaadje in mama's buik doet".

Blijkbaar was ik niet erg duidelijk, want Emma vroeg met grote ogen of je dan een tuin in je buik kreeg. Om dit soort van-de-regen-in-de-drup-conversaties te vermijden, adviseren de opvoedboeken om concreet te zijn en de dingen vanaf dag één bij hun naam te noemen. Dus niet piemel en plassertje maar penis en vagina. Voor mij hoeft het echter nog niet zo medisch; ik ben tenslotte een moeder en geen uroloog. Het Surinaamse woord 'roosje' vind ik voor kleine meisjes wel weer schattig. Alles is in ieder geval beter dan spleet, doos, voorbillen, plasbips, muts, fluts of muisje. Er gaan overigens steeds meer stemmen op om de vagina *yoni* te noemen; een zachte benaming die in boeddhistische culturen in gebruik is. Op de site www.yoni.org kun je zelfs kunstig genaaide (ja, sorry) satijnen vagina's bestellen die als een knuffelkussen met potpourri zijn gevuld. Dus voortaan seksuele voorlichting in geuren én kleuren? Mwah. Ik houd het nog even bij de zonnebloemen en de bijtjes.

Beestachtig

Eén van de treurigste berichten die ik de afgelopen week heb gelezen, was het verhaal van een negenjarig Amerikaans jongetje en zijn vijfjarige autistische broertje. Nadat hun moeder in 2002 aan borstkanker was overleden, kreeg hun vader vorig jaar een relatie met een andere vrouw. Met zo'n nieuwe liefde wil je natuurlijk ook wel eens op vakantie en dus ging de vader met zijn vriendin een week naar Las Vegas. De kinderen lieten ze thuis – zonder oppas. 's Ochtends moesten ze maar een beetje cornflakes nemen en 's avonds konden ze een ingevroren maaltijd in de magnetron doen. Geen probleem toch? Wel een probleem waren de twee puppy's die de vader en zijn vriendin elkaar kort daarvóór cadeau hadden gedaan. Want die schattige kleine hondjes konden ze toch niet zomaar alleen laten? Daar werd dus wél een vakantieadres voor geregeld, maar de kinderen moesten zichzelf maar zien te redden. Toen hun oma na een aantal dagen argwaan kreeg, belde zij de politie en die ontdekte de kinderen moederziel alleen in huis.

"Ik denk dat ze meer van de hondjes houden dan van ons", zei het negenjarig jongetje verdrietig. Al snel bleek dat dit niet de eerste keer was dat de twee broertjes alleen waren achtergelaten. Het oudste jongetje was zelfs een keer een week van school gehaald zodat hij voor zijn autistische broertje kon zorgen terwijl zijn vader op een zorgeloze strandvakantie was met zijn nieuwe vriendin. Toen de politie de vader in Las Vegas probeerde te bellen, belde hij maar liefst drie dagen niet terug. Zit je net lekker met je cocktail in de zon, word je lastiggevallen met zulke trivialiteiten. Er was toch niks met de puppy's aan de hand? Nou dan. Toen het gelukkige stel terugkwam uit de gokstad, werd de vader echter meteen gearresteerd wegens verwaarlozing. Ik stel voor dat hij wordt afgevoerd naar een heropvoedingsgesticht, waar hij iedere dag ver-

Er zijn beestachtige vaders die je niet in het dierenrijk terug zult vinden

plicht naar *The March of the Penguins* moet kijken, een werkelijk prachtige documentaire over alle ontberingen die mama maar vooral papa pinguïn zich op Antarctica moeten getroosten om bij temperaturen van -50 °C een kostbaar ei uit te broeden tot een kwetsbaar kuikentje.

Ik heb zelden zo'n ontroerende familiefilm gezien. Het toeval wil dat de favoriete knuffel van Alec al sinds zijn geboorte een blauwe pinguïn is. Deze Pipi is Alecs alter ego: als hij moe is, hangt ook het snaveltje van het beestje omlaag. De tamelijk mottige knuffel gaat overal mee naartoe, dus zéker naar *The March of the Penguins*, samen met de vier reserve-Pipi's die ik in de loop der jaren heb verzameld. En daar zat onze zoon dan, met vijf knuffelpinguïns op schoot in de bioscoop. "Kunnen jullie het allemaal goed zien?" vroeg hij vooraf aan zijn kleine vriendjes. Maar toen mama-pinguïn door een monsterlijke zeehond werd gegrepen, deed hij snel hun hoofdjes omlaag. Even later barstte hij zelf in snikken uit omdat een grote stormvogel likkebaardend achter een klein kuikentje aan zat, maar gelukkig leefde hij weer helemaal op toen papa-pinguïn zijn kindje kwam beschermen. "Zo zijn papa's", stelde Alec tevreden vast. Maar niet allemaal. Er zijn beestachtige vaders die je niet in het dierenrijk terug zult vinden maar wel tussen de 'gewone' mensen.

Vreemdgangers

Vorige week stond er in de krant dat vrouwen net zo vaak vreemdgaan als mannen. Sterker nog: de dames gingen zelfs ietsjes vaker vreemd dan de heren. Maar eh – wisten wij dat niet allang? Over vrouwen wordt vaak zo verheven gedaan. Terwijl mannen als een stel testosteronnies oorlogen beginnen, huiselijk geweld plegen en stoeptegels van viaducten gooien, organiseren vrouwen de vredesmarsen, doen aan vrijwilligerswerk en vinden tussen alle banen door toch nog tijd voor het huishouden. Je zou het bijna gaan geloven. Maar wat deed een Amerikaanse moeder laatst toen haar vriend twijfelde of het kind wel van hem was? Ze vermoordde de baby in de magnetron. Wie werd het gezicht van het martelen van Irakese gevangenen in Abu Gharaib? De kinderlijk ogende vrouwelijke soldaat Lynndie England. En wie liet de slachtoffertjes van Marc Dutroux verhongeren in zijn kelder toen Dutroux in de gevangenis zat? Zijn echtgenote Michelle Martin. Allemaal afschuwelijke zaken waartoe vrouwen niet in staat werden geacht, maar die wel gebeurden.

Maar ja, aan wíé moeten deze mannen dan precies hun zaad kwijt?

Nu is vreemdgaan bij lange na niet te vergelijken met de bovenstaande voorbeelden, maar feit is dat het veel mannen zal verbazen dat vrouwen ook op dit terrein niet voor hen onderdoen. Het zal ze zelfs irriteren, want net zoals autocoureurs er een hekel aan hebben om op het circuit van Zandvoort door een vrouwelijke rijder te worden geklopt, zo vinden veel mannen dat vreemdgaan hoofdzakelijk hún domein is. De acteur Egbert Jan Weber zei onlangs in *Viva* dat "vreemdgaan voor mannen iets biologisch is. We moeten ons zaad kwijt en zo veel mogelijk nakomelingen maken om de soort te behouden." Maar ja, aan wíé moeten deze mannen dan precies hun zaad kwijt? Zoveel ongetrouwde secretaresses zijn er nu ook weer niet. Zou Egbert Jan derhalve ook de keerzijde van zijn oerdrifttheorie kennen?

Daarin heten de mannen wel de jagers, maar zijn de vrouwen de verzamelaars. Om de kans op een sterk nageslacht te vergroten, moest de holenvrouw namelijk van zo veel mogelijk verschíllende mannen een kind krijgen. En dus klimt de sexy Gabrielle uit *Desperate Housewives* zonder enige wroeging op de jonge tuinman, terwijl haar onwetende echtgenoot Carlos haar blijft overladen met sportauto's en juwelen.

Eén ding kunnen trouweloze vrouwen beter dan hun mannelijke soortgenoten en dat is zwijgen als het graf. De enige die Gabrielle doorheeft is een andere vrouw: haar schoonmoeder. Veel mannen die vreemdgaan willen uiteindelijk toch opscheppen over hun daden, of nog erger: ze opbiechten. Dan leggen ze het probleem bij jou en dan moet jij hen maar vergeven omdat ze zo eerlijk zijn geweest. In een groepsinterview in het maartnummer van het blad *AM* zei ene Hans dat hij tijdens zijn huwelijk nooit was vreemdgegaan, "maar er is af en toe wel seks geweest. Vreemdgaan zie ik meer als een relatie hebben naast je relatie en dat zou ik nooit doen." Dat is heel geruststellend, Hans, maar het verbaast me niet dat je inmiddels bent gescheiden. Hebben mensen wel talent voor trouw? Is het: 'tot de dood ons scheidt' of komen we niet verder dan: 'tot de schijt ons doodt'? Zelf denk ik dat trouw het uitgangspunt moet zijn. Of, zoals de wulpse Mae West het ooit zo meesterlijk zei: "Ik ben helemaal niet losbandig. Ik heb het liefst één man. Per keer."

Links- of rechtsdragend

In Amerika is een nieuw fenomeen opgestaan: Danica Patrick, een vrouwelijke autocoureur. Autoracen is een machosport bij uitstek; het verenigt tenslotte alles waar mannen van houden: auto's, snelheid, gevaar en pitspoezen. Maar wat als de pitspoezen zélf achter het stuur gaan zitten? Hoewel de eerste deelname van Danica aan de Indianapolis 500 (het Wimbledon van de Amerikaanse racewereld) aanvankelijk vooral als een curiositeit werd gezien, eindigde zij op een ongelooflijke vierde plaats. Bij haar tweede deelname vorige week finishte Danica als achtste; niet slecht voor een meisje dat zich staande moet houden tussen 32 mannelijke coureurs. Maar de meeste reuring ontstond over het feit dat Danica het uiterlijk heeft van een supermodel: met haar lange haren en knappe gezicht heeft ze al menig reclamecontract in de wacht gesleept. Danica wordt door haar criticasters dan ook "de Anna Kournikova van het racen" genoemd, en dat is bepaald géén compliment. De wulpse Anna won immers nooit een tennistoernooi, maar vergaarde wel een fortuin dankzij lucratieve reclamedeals, zoals die voor sportbeha's met de historische tekst: "Alleen de bal moet stuiteren".

Sommige mannen zijn niet gecharmeerd van het feit dat zij worden ingehaald door een vrouw

Maar de vergelijking met het hoogblonde Russische mediafenomeen is niet helemaal juist, want Danica Patrick heeft al veel overwinningen behaald in de kartwereld voordat zij overstapte naar de 'echte' raceauto's. De vraag dringt zich echter wél op of andere getalenteerde vrouwelijke coureurs net zo mooi moeten zijn om überhaupt nog een kans te maken in het door mannen gedomineerde circuit. Het is al moeilijk genoeg om aan de sportieve top te komen; moet daar nu ook nog een soort missverkiezing bij? Sommige mannen zijn sowieso niet gecharmeerd van het feit dat zij letterlijk en figuurlijk worden ingehaald door een vrouw – mooi of niet mooi. Robby

Gordon, een Amerikaanse coureur met een flinke staat van dienst, sputterde dat het allemaal niet eerlijk was omdat Danica slechts 45 kilo woog en hij 90. "Geen wonder dat zij sneller gaat", klaagde hij. Kom op, Robby. Natuurlijk heeft zij er voordeel van dat ze lichter is, maar jij zou weer voordeel kunnen hebben van het feit dat je veel gespierder bent. Tenminste, dat hoop ik dan maar.

Maar misschien voelt Robby Gordon de hete adem van de commercie in zijn nek, want met de komst van modepoppen als David Beckham en Freddie Ljunberg (die in een loeistrakke Calvin Klein-slip over 's werelds billboards ligt gedrapeerd), is de lat óók voor mannelijke atleten hoger komen te liggen. Dolce & Gabbana adverteert in hun nieuwe campagne bijvoorbeeld met vijf razend knappe Italiaanse voetballers die ongegeneerd in natte slips onder de douche van de kleedkamer staan. Blijkbaar is linkspoot of rechtspoot tegenwoordig minder van belang dan linksdragend of rechtsdragend. Maar gelukkig kan het ook nog anders. Toen Ronaldinho jaren geleden bij Barcelona ging voetballen, vreesde de marketingman van deze club dat ze "met die lelijke kop van hem" weinig merchandising zouden kunnen slijten. Maar wat denk je? Ondanks zijn paardengebit groeide de fenomenale Ronaldinho uit tot dé topverkoper van Barca, met een merchandisingomzet van enige tientallen miljoenen euro's per jaar. Eindelijk gerechtigheid. Want wat willen wij als toeschouwers nu liever: dat sporters een outfit dragen die in is, of dat ze een bal slaan die in is?

Kruin

Alec is gezegend met een dikke bos haar, maar ook met drie kruinen. Vanwege het uitwaaierende haarpatroon wordt zo'n kruin ook wel een 'wervelwind' genoemd. Het verbaast mij eerlijk gezegd niet dat Alec op drie van die wervelwinden kan bogen; dat kind is een kleine tornado. Omdat zijn vriendje halflang sluik haar heeft, zou Alec zijn eigen haren ook graag wat langer willen dragen. Ik waarschuwde hem dat ik dan iedere ochtend met een hark zijn onwillige lokken in het gelid zou moeten trekken, maar daar zag hij het probleem niet van in. En dus zette ik wat zwaarder geschut in door te stellen dat lang haar méér iets voor meisjes is, waarop Alec prompt antwoordde: "En Jezus dan?" Huh? "Nou, op alle tekeningen die de juf met Pasen heeft laten zien, draagt Jezus lang haar." Tja. Ga dáár maar iets tegenin brengen. Maar toen kwam gelukkig Richard thuis en die bleek zelf naar de kapper te moeten. "Ga je mee?", vroeg hij aan Alec, "dan knippen ze bij jou hetzelfde haar als bij papa." "Jaaaa!" juichte het blije kind, want Jezus is leuk maar een váder is voor een vijfjarig jongetje gelijk aan God zelf.

Vrouwen denken graag dat mannen qua gevoelsleven de diepte hebben van een flatscreen

Toen ze later die middag allebei met een kort koppie terugkwamen, moest ik toch even slikken. Ik vind het altijd zó lekker om met mijn hand door Alecs wilde haar te kroelen; zeker nu hij nog op een leeftijd is dat hij dat zelf ook fijn vindt. Nog een paar jaar en ik ben radioactief. Want op een dag besluiten de meeste jongens dat ze hun moeder minstens één meter bij zich uit de buurt moeten houden, om zo al die genante zoenen en omhelzingen te ontwijken. In zuidelijke landen daarentegen is het heel normaal dat mannen hun moeder uitgebreid blijven knuffelen. Ook kijkt er daar niemand van op wanneer mannen elkaar vriendschappelijk omhelzen. Hier te lande leven wij echter met een geheel andere gevoelstemperatuur: zelfs goede vrienden staan bij een hartelijke begroeting regelmatig te schutteren. Zo menen mannen hun genegenheid vooral te moeten tonen door elkaar te stompen of hard op de schouder te slaan. De enige ontsnappingsclausule is het voetbal: pas wanneer er een doelpunt is gescoord, durven de heren ongegeneerd in een bergje boven op elkaar te duiken zonder dat iemand dat met *Brokeback Mountain* associeert.

Wij vrouwen denken graag dat mannen qua gevoelsleven de diepte hebben van een flatscreen, maar sinds ik de afgelopen jaren uit allerlei boeken, interviews en artikelen honderden citaten heb verzameld over het vaderschap en het moederschap, weet ik dat het juist de mannen zijn die vaak de meest openhartige dingen zeggen over hun gezinsleven. Al deze grappige of soms juist tenenkrommende quotes heb ik gebundeld in twee boekjes: *Vaders zijn moeders met ballen* en *Even aan mijn moeder vragen*. Van David Beckham tot Frans Bauer en van Pamela Anderson tot koningin Beatrix – iedereen komt aan bod. Maar een van de mooiste uitspraken, eentje die ik echt kan vóélen, komt van de Engelse natuurkundige Charles Darwin: "Hoe vaak wenste ik niet dat mijn vader achter mijn stoel stond en met zijn hand over mijn haar streek, zoals hij deed toen ik nog een kind was."

Achter de sluier

Ik ben alweer een week terug uit Qatar, maar ik merk dat ik er toch nog geregeld aan moet terugdenken. Het was daar ook zó anders. Als westerse vrouw heb ik met verwondering naar de geheel in het zwart geklede moslima's gekeken. Zij moesten zich niet alleen met een klein kijkgaatje behelpen, maar droegen daar overheen vaak óók nog een zwarte doek. Kun je dan nog wel iets zien? Ik kon het aan niemand vragen, want communicatie met zo'n vrouw is nagenoeg uitgesloten. En dat terwijl ik zoveel had willen weten. Toen Agnes van Ardenne een paar weken geleden meende te moeten zeggen dat de sluier in de islamitische wereld geen teken is van onderdrukking maar juist van vrijheid, kreeg zij enorm veel commentaar. Want hoe vrij ben je eigenlijk, als je zonder sluier de deur niet uit mag? Als je niet mag autorijden? Als je bij iedere hap eten je vork voorzichtig onder al die doeken moet manoeuvreren? Als je in de brandende zon aan de rand van het zwembad geheel bedekt moet toekijken hoe je kinderen in het water spelen?

De vrouwen van Qatar daarentegen bewaren hun schoonheid voor hun man, maar doen ze dat vrijwillig?

Naar onze maatstaven ben je dan behoorlijk onvrij, maar ik geloof niet dat de vrouwen van Qatar dat ook zo ervaren. Die indruk maakten ze totáál niet. In de grote winkelcentra van Doha liepen hordes van deze zwarte 'schimmen' uitgelaten op kekke hakjes in het rond: druk bellend en lachend met een blingbling telefoon, peperdure design handtas achteloos over de zwartgesluierde schouder, een hippe zonnebril strategisch op het kijkgaatje geplaatst. Ze kochten tot mijn verbazing ook gewoon topjes bij de Zara, korte rokjes en spannende lingerie, en lieten mij daarbij in verwarring achter met de vraag: wanneer dragen ze dat dan? Dragen ze dat allemaal thuis? Wat dat betreft leven wij westerse vrouwen precies andersom: wij dragen onze mooiste en meest sexy kleren buitenshuis en trekken na werktijd graag een gemakkelijke hobbezak aan. De vrouwen van Qatar daarentegen bewaren hun schoonheid voor hun man, maar doen ze dat vrijwillig? Zij vinden van wel, wij vinden van niet. Wie heeft er gelijk? En is hier wel sprake van een gelijk?

Ik heb vaak genoeg buitenlandse moslima's op de televisie horen vertellen dat zij er helemáál niet op zitten te wachten om 'bevrijd' te worden door het Westen. Toch kunnen wij het niet aanzien dat er bijvoorbeeld in Afghanistan een door Nederlanders opgericht opvanghuis voor kansloze oorlogsweduwen alsmaar wordt aangevallen, omdat de strenggelovigen menen dat zulks wel een bordeel móét zijn. De emir van Qatar is echter religieus tolerant: westerse vrouwen hoeven niet gesluierd te zijn en christelijke expats mogen een eigen kerk bouwen. De Qatari mannen, die zelf overigens óók in een hooggesloten gewaad rondlopen, zijn bijzonder hoffelijk: er werd niet naar me gestaard, gefloten of gesist, maar vriendelijk naar me gelachen of ik werd beleefd genegeerd. Wie wél volop werd bepoteld, was Alec. Met zijn blonde haar en blauwe ogen was hij een grote hit bij de gesluierde verkoopsters. "Beautiful boy", zei de enige vrouw waar ik contact mee kreeg, "je man zal wel trots zijn." "Ja, dat is hij", antwoordde ik. En ik kon het niet laten om eraan toe te voegen: "Maar dat is-ie ook op zijn dochter."

Porno voor vrouwen

Toen diverse politieke partijen vorige maand een verbod eisten op de zogeheten 'pornofeesten', dacht ik aan obscure uitwassen in het jongerencircuit. Niks daarvan. Dit soort 'urban and porn'-danceparty's blijken razend populair dankzij de orale en vaginale seks op het podium. Gewoon, voor de leuk. Het gebeurt ook in alle openheid, bij een willekeurige discotheek om de hoek. Zo had je tot voor kort de wekelijkse 911-danceparty's in Zaandam. Daar konden meisjes uit het publiek meedoen aan pijpwedstrijden. Wie het beste haar orale kwaliteiten kon demonstreren, werd door de jury uitgeroepen tot lekkerste pijpslet van de avond. Gewoon, als geinig extraatje ter verhoging van de feestvreugde. Ben ik heel ouderwets als ik dit allemaal *niet* gewoon vind? Zijn pijpwedstrijden in discotheken een bewijs van emancipatie of van capitulatie? Bepalen de jonge vrouwen van nu zélf hoe zij hun seksualiteit willen beleven of worden zij meer dan ooit gestuurd door videoclips, pornofeesten en seksfilms?

Zijn pijpwedstrijden in discotheken een bewijs van emancipatie?

Feit is dat onze samenleving in een snel tempo seksualiseert. Op Google wordt het woord 'seks' maar liefst 68 miljoen keer per dag ingetikt. Per jaar worden er bijna 15.000 pornofilms gemaakt, tegen zo'n 400 Hollywoodfilms. Dat soort aantallen moet wel effect sorteren, en dat gebeurt dan ook: vanuit de porno-industrie waaien allerlei gebruiken over naar het dagelijks leven. Zoals figuurtjes in je schaamhaar, waaronder de landingsbaan en de kale pet. En natuurlijk de schaamlipverkleining, "voor als je binnenvoering eruit ligt", aldus een internetpagina. Recentelijk is daar zelfs iets absurds als het bleken van de anus aan toegevoegd, "voor lelieblanke rectale frisheid". Zelfs de oerdegelijke Huishoudbeurs koos dit jaar voor een pikant thema, vanwege de oplaaiende belangstelling van vrouwen voor porno, vibrators en andere seksartikelen. Ook het boek *Stout* is een bestseller met hete ontboezemingen van, pak 'm beet, Willeke Alberti. Vrouwen blijken steeds vaker naar pornofilms te kijken en daar ook van te genieten. Het blijkt een fabeltje te zijn dat vrouwen van seksfilms 'met een verhaal' zouden houden.

Ja, dát begrijp ik. Bij een snackbar hoef je toch ook geen ober met een chique menukaart? Niks ambiance – je komt voor de vette bek. Bespáár me die idiote toneelstukjes van getatoeëerde bouwvakkers die voor piloten moeten doorgaan met een stel hyperblonde opblaaspoppen als stewardessen. Zet dat mens toch gewoon meteen op die stuurknuppel; porno is geen Shakespeare. Hoewel? Een rechter oordeelde onlangs dat peepshows op de Wallen 'toneelvoorstellingen' zijn, waardoor zij onder het culturele btw-tarief van zes procent vallen, net als muziek- en theateruitvoeringen. Zoiets kan alleen in Nederland; dat is een stukje rectale frisheid waar we trots op mogen zijn. Pijpwedstrijden, live-seks op dancefeesten – als moderne vrouwen hier allemaal vrijwillig deel van willen uitmaken, moeten ze dat vooral doen. Maar willen ze dat écht? Volgens een anoniem gebleven Amerikaanse groep vrouwen niet. Zij maakten een spannend fotoboek, getiteld: *Porn for Women*, en verzamelden daarin de meest opwindende vrouwenfantasieën. Zo staat er op één foto een knappe kerel in leuke kleren te stofzuigen. Een ander smakelijk ding serveert geheel gekleed taart, koopt bloemen, luistert geïnteresseerd naar wat je te zeggen hebt. Ja mensen, dat is pas echt keiharde porno. Want volkomen onrealistisch. Maar lekker!

Hotel Babylon

Tussen de muren van een gerieflijke hotelkamer voelde ik me altijd heerlijk anoniem. Dankzij het 'do not disturb'-bordje en het discrete personeel kon ik me als gast helemaal terugtrekken in een cocon van privacy. Tenminste – dat dácht ik. Onlangs is echter gebleken dat dit geenszins het geval is. In Engeland is namelijk een boek verschenen met daarin allerlei schokkende onthullingen over het dagelijkse leven in vijfsterrenhotels als Claridge's, The Savoy, The Berkeley en The Four Seasons. Onder de titel *Hotel Babylon* klapt een vrouwelijke hotelmanager uit de school over alle bizarre dingen die zij in haar vijftienjarige carrière met vips en 'gewone' hotelgasten heeft meegemaakt in de tophotels van Londen. Het is overigens niet voor het eerst dat iemand een tipje van de sluier licht. In de jaren tachtig ging de Franse kunstenares Sophie Calle undercover als kamermeisje in een chic hotel in Venetië. Iedere dag kamde zij alle lades en kasten uit, paste kleding, las brieven en dagboeken en fotografeerde (en exposeerde!) haar vondsten met het excuus dat zij hier bezig was aan een heus stukje conceptuele kunst.

Toch is er volgens Hotel Babylon maar één de gekste: Michael Jackson

De schrijfster van *Hotel Babylon*, die overigens anoniem wil blijven, heeft met haar ontboezemingen helemaal geen artistieke inspiraties. Zij hangt gewoon de vuile was buiten – soms zelfs letterlijk. Bij het lezen van dit boek raakte ik tamelijk geshockeerd door de vaak ranzige gang van zaken in dure hotels. Te midden van de gouden kroonluchters, het zilveren bestek en de damasten tafelkleden wordt er door het personeel volop geroddeld en gelachen over de vele eigenaardigheden van hun beroemde gasten. Nu geven de vips met hun rare eisen daar ook veel gelegenheid toe. Madonna die zes suites afkeurde omdat de kleur van de gordijnen haar niet beviel. Tina Turner die eiste dat de hele gang naar haar suite met spiegels werd behangen. Celine Dion die in iedere kamer van haar suite een speciale salade met pitabroodjes wenste te zien. Johnny Depp en Kate Moss die voor een slordige 15.000 euro 36 flessen champagne bestelden voor een feestje op hun kamer. Het is allemaal gek, maar toch is er volgens 'Hotel Babylon' maar één de gekste: Michael Jackson.

Hij liet niet alleen snoep en sportdrankjes per vliegtuig uit Amerika komen, maar nam ook zijn eigen kok mee, die vervolgens allerlei junkfood in de hotelkeuken moest klaarmaken. Maar niet alleen de vips gedragen zich verknipt, ook het personeel is redelijk gestoord. Toen prinses Diana eens zes oesters bestelde, zag de schrijfster hoe een van de koks de oesters aflikte met als commentaar "dat hij Prinses Diana zo kon tongzoenen". De gewone gasten in de vijfsterrenhotels blijken bij nader inzien ook niet zo gewoon te zijn. Negen van de tien zakenmannen bestellen callgirls op hun kamer en iedere nacht belt er wel een gast met de vraag of de receptioniste hem niet even orale seks kan komen geven. Gasten sterven door overdoses drugs, hartaanvallen of ongelukjes bij SM-seks; keurige zakenvrouwen poepen ongegeneerd in hun bed en de leden van een popgroep die te veel cocaïne hadden gesnoven en daardoor hevig aan de diarree waren geraakt, veegden hun kont af aan de gordijnen. Sinds ik *Hotel Babylon* heb gelezen, heb ik een heel andere associatie bij de uitdrukking 'stinkend rijk'.

De filevader

Zoals regelmatige lezers van mijn column reeds vermoedden, heb ik vooral wat met moeders. Desondanks wil ik het vandaag eens opnemen voor de vaders. Uit een onderzoek van *Trouw* is namelijk gebleken dat Nederlandse kinderen hun vader minder belangrijk vinden dan hun moeder. Daar kwam nog bij dat mannen de afgelopen vijf jaar op doordeweekse dagen niet méér, maar juist minder tijd aan hun kinderen bleken te hebben besteed. En dus verschenen er verontruste opiniestukken in de krant, actualiteitenrubrieken riepen ach en wee en iedereen vroeg zich af hoe het zo ver had kunnen komen. Nou, dat lijkt me simpel. Papa heeft heus niet minder *feeling*, maar wél meer file. Terwijl moeder thuis in de soep staat te roeren, staat vader muurvast bij knooppunt Muiderberg, de Lekbrug bij Vianen of het Rottepolderplein. In deze barre economische tijden moet er langer en harder gewerkt worden. En dat doen nu eenmaal voornamelijk de mannen. Wat mij betreft verdienen vaders dan ook wat meer krediet in plaats van de zwarte piet, want hun echtgenotes – de Nederlandse vrouw – werken het minst van álle westerse vrouwen.

Wat mij betreft verdienen vaders dan ook wat meer krediet in plaats van de zwarte piet

In Nederland gaan méér vrouwen dan mannen naar de universiteit. Vervolgens studeren die vrouwen niet alleen sneller af, maar behalen ook nog eens in alle studierichtingen betere resultaten. Met name bij natuurwetenschappen, wiskunde en informatica is de voorsprong van vrouwen op mannen het grootst. Maar wat doen veel vrouwen met dit intellectuele kapitaal? Bestormen ze de top van het bedrijfsleven? Geven ze leiding aan grote organisaties? Beslissen ze mee over de toekomst van dit land? Misschien. Maar de meesten krijgen kinderen. En dan stoppen ze met werken. Slechts tien procent van de Nederlandse moeders heeft een fulltimebaan; veertig procent heeft een deeltijdbaan en de resterende vijftig procent werkt helemaal niet buitenshuis. Natuurlijk is het runnen van een huishouden en het opvoeden van kinderen óók een fulltimebaan – en een belangrijke baan daarbij. Maar het levert geen geld op. De man zal dan ook de bulk van het gezinsinkomen moeten verdienen en als hij daardoor weinig thuis is, kun je hem moeilijk tot slechte vader bestempelen.

Het is bepaald niet zo dat vrouwen genetisch gezien beter zijn gekwalificeerd voor het draaien van een bonte was. Maar als moeders willen dat het werk binnenshuis eerlijker wordt verdeeld, dan kan ik me voorstellen dat vaders willen dat vrouwen buitenshuis de handen wat meer uit de mouwen gaan steken. Veel mannen ervaren het namelijk als drukkend dat zij de hoofdverantwoordelijke zijn voor het inkomen. Maar vrouwen hebben soms nog behoorlijk calvinistische ideeën over wat het betekent om een goede moeder te zijn. Zodra ze gaan werken, worden ze verteerd door schuldgevoelens. Zo zei Svetlana Zjoerova, kersvers sprintwereldkampioene, vorige week tegen het *Algemeen Dagblad*: "Door het schaatsen zie ik mijn driejarige zoon heel weinig. Ik mis mijn kind enorm. Ik ben een slechte moeder. Ik maak nu een medaille voor hem met als opschrift: Vergeef Me." Heb je een man óóit zoiets horen zeggen? Waarschijnlijk is haar zoon later juist ongelooflijk trots op zijn moeder, de wereldkampioen. Weet je wie Svetlana overigens heeft aangespoord om weer te gaan schaatsen? Haar echtgenoot. Zo'n 'ongeëmancipeerde' Rus. Als vooruitstrevend land zijn wij allang door het ijs gezakt.

Zo krijg je geen seks

Aanstaande donderdag is het weer Valentijnsdag. Hoewel uit een onderzoek is gebleken dat bijna 66% van de Nederlanders deze 'dag van de liefde' te commercieel vindt, denk ik dat er nog genoeg (stille) geliefden zijn die elkaar wél zullen gaan verrassen met iets speciaals. Niet dat mannen en vrouwen hierbij helemaal op hetzelfde spoor zitten. Zij wil een kaartje, een bos rozen of een kettinkje. Hij wil seks. Zij denkt aan een etentje, een concert of aan de *loveseat* van Tuschinski. Hij denkt aan seks. Maar ondanks het feit dat mannen buitensporig veel aan seks denken, blijven zij wonderbaarlijk klunzig in hun pogingen om een vrouw in bed te krijgen. Op internet is er zelfs een hele site aan gewijd: www.hntgl.com. Dat staat voor 'how not to get laid', oftewel: hoe je geen seks krijgt. Deze site staat vol met ingestuurde *real-life* verhalen over desastreuze dates, verkeerde opmerkingen en andere valkuilen die één ding duidelijk maken: zó krijg je als man in ieder geval geen seks.

Zij wil een kaartje, een bos rozen of een kettinkje. Hij wil seks

Vooral in de precaire tijd rond het eerste afspraakje weten mannen zich niet altijd even gracieus (of moet ik zeggen: geestelijk gezond?) te presenteren. Zo was er een man die de vrouw van zijn dromen kort vóór hun eerste date een foto mailde van zijn blote geslachtsdelen. Begeleidende tekst: "En, ben je al onder de indruk?" Ja, van je stupiditeit. Een andere man zat tijdens het eerste etentje uitgebreid te vertellen dat hij het met zijn vorige vriendin had moeten uitmaken "omdat hij nu eenmaal enorm groot geschapen was". En zijn ex-vriendin was nogal smalletjes geweest, dus ja, dat ging niet. Maar, zo ging hij vrolijk verder, "jij ziet er niet erg smalletjes uit, dus dat probleem hebben wij niet." Weer een andere man zei tegen een vrouw met wie hij voor het eerst uit-eten ging: "Ik zou maar geen dessert nemen, popje, want het échte toetje komt er nog aan." En toen liet hij niet één maar twee Viagra-pillen zien. Mijn god, wat een narigheid allemaal. Door al deze verhalen ging ik natuurlijk meteen nadenken of ik ook eens zoiets heb meegemaakt. En ja hoor!

Opeens herinnerde ik mij een afspraakje dat ik ooit had met een bekende Nederlander, in de tijd dat ik nog modellenwerk deed. Het was een knappe man (nee, geen namen) en eerlijk gezegd vond ik het best interessant allemaal. Toen ik in zijn auto stapte, zei hij: "Gôh, wat zie je er mooi uit!" Maar voordat ik dankjewel kon zeggen, voegde hij daaraan toe: "... maar dat moet ook wel, want ik kan natuurlijk niet zomaar met iedereen gezien worden." Nee, daar is geen tweede date van gekomen. Dus heren, willen jullie scoren op Valentijnsdag, doe dan normaal. Weersta bijvoorbeeld de verleiding om je geslachtsdeel door de onderkant van een popcorndoos te steken. Pik een bioscoopje is níét letterlijk bedoeld. En zeg niks over haar parfum. Zo schreef een vrouw dat haar date op hun eerste afspraakje in haar nek zat te snuffelen en zei: "Hmm, je draagt dezelfde geur als mijn moeder." "Dat vind ik niet echt opwindend", stamelde de vrouw verbaasd. Waarop de man zei: "Ik wel hoor, want het is echt een sexy luchtje..."

Charlie's Angels

Vlak voordat ik naar de brugklas ging, verhuisde ik van Nijmegen naar Persingen, het kleinste dorpje van Nederland. Daar ging een hele wereld aan hooizolders en boomhutten voor mij open. De boerenjongens uit de buurt deden wie-kan-er-het-langst-tegen-de-schrikdraad-pissen en ik speelde samen met mijn twee buurmeisjes 'Charlie's Angels'. Daarbij renden we heel kittig met getrokken vingerpistool langs de graansilo's en de varkensstallen. Het was een soort ongeschreven regel dat ik, omdat ik er later was bijgekomen, nooit de knappe Cheryl Ladd of de nog mooiere Farah Fawcett mocht spelen. Ik moest altijd 'de lelijke' zijn. Dat de arme Kate Jackson de *slímme* Angel was, zoals mijn moeder goeiig stond te pedagoochelen, heeft nooit enige indruk op mijn gekwetste kinderziel gemaakt. Ik heb 't al die jaren verdrongen, maar afgelopen week moest ik opeens weer aan mijn Charlie's Angels-trauma denken bij het verhaal van Paula Zahn, de succesvolle 'morning news'-presentator van CNN. Zahn begon haar tienjarige nieuwscarrière bij CBS, stapte toen over naar Fox, om uiteindelijk naam en faam te verwerven bij CNN in de nasleep van 11 september.

Hoe onoverkomelijk is het nu eigenlijk om 'een beetje sexy' te worden genoemd?

Zahn heeft nu een miljoenencontract bij CNN – en ruzie. Want de promotieafdeling had het gewaagd om haar in een tv-commercial 'provocerend, superintelligent en ook een beetje sexy' te noemen. Paula Zahn was diep beledigd, en met haar alle kwaliteitskranten en vele kijkers van CNN. Want hoe dúrfden zij Zahn *sexy* te noemen? Ze was toch zeker een serieuze vakvrouw! De directie bood ijlings haar diepste excuses aan en uiteindelijk liep het allemaal met een sisser af. Toch ben ik er nog een paar dagen over blijven nadenken. Natuurlijk kiezen we niet meer als kleine meisjes de beauty boven de brains, maar zijn we niet een beetje doorgeslagen naar de andere kant? Want hoe onoverkomelijk is het nu eigenlijk om 'een beetje sexy' te worden genoemd? Paula Zahn is een aantrekkelijke vrouw, maar blijkbaar mag dat nooit meer uitgesproken worden om haar geloofwaardigheid als serieuze nieuwslezer niet te torpederen. Alsof dat onverzorgde piekhaar Jeroen Pauw ooit in de weg heeft gestaan. Maar ja, dat is een man. Als werkende vrouw moet je nog steeds aan allerlei ongeschreven regels voldoen om mee te mogen spelen.

Laatst zei iemand tegen mij: "Je kinderboek is leuk, maar die foto op de achterflap is vreselijk. Je lijkt helemaal niet op een kinderboekenschrijfster!" Als ik de bewuste foto bekijk, zie ik een zwart-witportret van een glimlachende vrouw in een dikke, bruine coltrui. Niks mis mee. En toch ging ik twijfelen. Want hoe ziet een 'echte' kinderboekenschrijfster eruit? Zijn daar vaste regels voor? Dragen ze soms geen bruine coltruien? Moest ik de volgende keer niet meer glimlachen, maar peinzend in de verte kijken, diep in gedachten verzonken? Maar ik wil helemaal geen bedachte pose aannemen achter een toetsenbord, alleen maar om meer op een schrijfster te lijken. Ik hoop dat ik het ooit nog mag beleven dat het uiterlijk van nieuwspresentatrices, zakenvrouwen, atletes of wie dan ook, niet meer relevant is voor de waarde van hun werk. Tot die tijd heeft Charlie van Charlie's Angels het misschien nog wel 't beste bekeken. Die is gewoon de baas en blijft daarbij onzichtbaar.

Bedpret

Waarom nemen mannen toch zoveel ruimte in beslag? Mijn eigen man is bijna twee meter lang en een meter breed, maar het ligt niet zozeer aan de afmetingen. Ook kleinere mannen domineren de ruimte. Ze steken hun benen bij voorkeur onder jouw stoel, porren met hun ellebogen in jouw ribben en zitten in het vliegtuig ongegeneerd met hun knieën in jouw beenruimte. Deze fysieke aanwezigheid is echter nog niets vergeleken bij de hoeveelheid lucht die mannen verplaatsen: ze blaten niet alleen alle talkshows vol, maar bepalen ook de conversatie op feesten en partijen, waarbij zij hun vrouwelijke gesprekspartner niet zelden al pratend in een hoekje drukken. Als er dan ook nog één moppen begint te tappen ("Komt een man bij de gynaecoloog..."), is de kans op een normale dialoog helemaal verkeken. Voor een man is een gesprek een soort *Scrabble*: als de ander iets zegt, moet hij daar minstens met de dubbele woordwaarde overheen. Toch vinden mannen dat juist vrouwen te veel praten. Geen wonder: in hun beleving gaat alles wat een vrouw zegt van hun eigen *airtime* af.

Daar komt nog bij dat mannen de zaken graag omdraaien. Zo wil een iman uit Indonesië vrouwen weer kuisheidsgordels laten dragen, zodat zij niet verkracht kunnen worden. Heel sympathiek van deze meneer, maar zou het niet logischer zijn wanneer mánnen zo'n gordel gingen dragen? Geen denken aan, natuurlijk. Ook dat heeft weer met ruimte te maken: in de meeste culturen zijn het nog altijd de mannen die bepalen hoeveel persoonlijke levensruimte een vrouw mag hebben. De vrouwen in het Westen hebben zich grotendeels aan deze praktijken weten te ontworstelen, al hebben ook zij nog geregeld met de restanten te kampen. In bed, bijvoorbeeld. Toen ik vorige week met mijn gezin op skivakantie was, moesten Emma en Alec samen in een tweepersoonsbed

Mannen liggen bij voorkeur op jouw kavel, met een oneindig recht op overpad

slapen. Het duurde niet lang of daar begon het: "Mamaaaa, Alec ligt de hele tijd op mijn helft!" Wen d'r maar aan, schat. Mannen liggen bij voorkeur op jouw kavel, met een oneindig recht op overpad.

Volgens een recent onderzoek naar slaaphoudingen, slapen de meeste mannen het liefst in de zogeheten 'koningspositie': breeduit op hun rug. Vrouwen daarentegen slapen graag op hun buik: dit zou op perfectionisme duiden. Een dominante rugslaper naast een veeleisende buikslaper zou volgens de onderzoekers tot spanningen kunnen leiden. Stellen die met de ruggen naar elkaar toe slapen, zijn onafhankelijk maar hebben wel een warme vertrouwensband. Zij die elkaar in het gezicht kijken, doen alles samen en delen een gezamenlijke energie. Mannen die lepeltje willen liggen, hebben een (iets te) sterke beschermingsdrift en verliefde stelletjes die helemaal in elkaar gedraaid slapen, zitten nog in de naïeve fase. Mannen die het hele bed in beslag nemen en hun vrouw daarbij naar het randje drukken, zijn dominant en nemen ook overdag de beslissingen. Maar dames, geen nood: ik las laatst dat het eten van chocolade goed is voor de nachtrust omdat dit gevoelens van kalmte en bevrediging opwekt. Als bonus zit er nog een lekker stofje in chocolade dat het lichaam ook aanmaakt tijdens een orgasme. Dus laat zo'n man maar denken dat hij meer in zijn mars heeft. Zijn vrouw weet dat ze meer aan een Mars heeft!

Kamelenknieën

Ik kreeg laatst een leuk attachment in mijn mailbox: 'The Good Wife's Guide' uit 1955. Dit artikel verscheen destijds in het Amerikaanse blad *Housekeeping Monthly* en het vertelt de plichtsgetrouwe huisvrouw hoe zij een goede echtgenote moet zijn. Ruim vijftig jaar na dato klinken de meeste adviezen als geestige rariteiten uit de oude doos: "Begroet je man 's avonds met een welgemeende glimlach, stel geen moeilijke vragen en snijd geen problemen aan. Ook al is er nog zoveel wat jij wilt vertellen, laat hém eerst praten; zíjn onderwerpen zijn tenslotte belangrijker dan die van jou. Zorg dat hij thuis niet wordt gehinderd door het geluid van wasmachine of stofzuiger. Klaag niet als hij laat thuiskomt, maar probeer zijn stressvolle werkleven te begrijpen. Laat hem achterover leunen in een makkelijke stoel, geef hem een lekker kussentje en bied aan om zijn schoenen uit te trekken. Wanneer je man zich comfortabel voelt, geeft dat jou tenslotte erg veel persoonlijke voldoening." Ja – doei!

Maar toen las ik deze opmerking in 'The Good Wife's Guide': "Rust een kwartiertje uit voordat je man thuiskomt. Werk je make-up even bij en doe een lint in je haar zodat je er fris uitziet." Gôh, dacht ik, daar ben ik het eigenlijk best wel mee eens. Geen normaal mens doet nog een lint in zijn haar, maar het gaat om het principe. Zo heb ik van die dagen dat ik heerlijk in mijn bultige joggingpak door het huis loop te sloffen. Tegen het einde van mijn schrijfmiddag zitten er dan van die charmante kamelenknieën in m'n broek en is het zitvlak uitgedijd tot een hangkont van formaat. Hoewel ik het geen probleem vind om zo op het schoolplein te gaan staan (met hooggehakte laarzen blijf ik toch alleen maar in de knikkerputjes hangen), kleed ik me wél even om voordat Richard thuiskomt. Niet dat ik me in een stoeipakje ga hijsen, hoor. Maar

Het kan echt geen kwaad om een beetje moeite voor elkaar te blijven doen, toch?

een fris setje kleren en een borstel door mijn haar – dat moet toch kunnen? Als je elkaar net kent, haal je alles uit de kast om zo leuk mogelijk voor de dag te komen. Na een aantal jaren komt daar echter behoorlijk de klad in; zeker wanneer je wordt verblijd met kinderen.

Ik weet uit eigen ervaring hoe verleidelijk het is om de hele dag als een morsige Yeti door het huis te schuifelen. Als jonge moeder heb je standaard zo'n groezelig spuugdoekje met gele melkkorsten op je schouder liggen. De rest maakt dan ook niet veel meer uit. Wanneer ik in die tijd echter naar een tv-programma ging of op de foto moest voor een tijdschrift, liet ik mijn visagiste Elles altijd keurig de vervuilde grond afgraven zodat ik buitenshuis kittig voor de dag kwam. Zodra ik klaar was, trok ik de comfortabele hobbezak weer aan. Dat was natuurlijk de wereld op z'n kop. Richard heeft er uiteraard nooit wat van gezegd, want de charme van een langdurige relatie is juist dat je van elkaar houdt 'met wratten en al', zoals de Amerikanen dat zo treffend zeggen. Het kan echter geen kwaad om een beetje moeite voor elkaar te blijven doen, toch? Maar als-ie om een kussentje gaat vragen kan-ie een kamelenknietje krijgen.

Ontdekkingsreizigers

Nadat we met de kinderen het Aviodrome in Lelystad hadden bezocht, stond Richard in de museumshop verlekkerd naar de bouwpakketten te kijken. Omdat hij als kind een enorme vloot aan modelvliegtuigjes in elkaar heeft geplakt, kocht hij in een vlaag van nostalgie een Boeing MH-47 E/Chinook HC.3 helikopter. De moeilijkste variant natuurlijk, want mannen kunnen geen maat houden. Nog diezelfde avond lag onze hele keukentafel vol met een explosie van lijmtubes, minuscule plastic onderdelen, onbegrijpelijke bouwtekeningen en het armzalige karkas van iets wat ooit een Chinook moest worden. "Had je niet beter eerst met iets makkelijks kunnen beginnen?" vroeg ik voorzichtig. Met het zweet op zijn bovenlip keek Richard op van de ravage. De blik in zijn ogen sprak boekdelen: dit was het meest onbenullige wat ik ooit had gezegd. En dus knutselde hij onverdroten verder, onderwijl klagend over de 'constructiefouten' in het ontwerp – want ook dát is mannen eigen. Zo zeiden de Nederlandse schaatsmannen na teleurstellende rondetijden in Turijn ongegeneerd dat zulks "door de slechte tegenstander" kwam.

Het opvoeden van een jongen is een heel andere tak van sport

Als moeder van een zoon en een dochter heb ik één ding geleerd: het opvoeden van een jongen is een heel andere tak van sport. Meisjes dénken voordat zij iets doen, terwijl jongens zich blindelings in de meest onmogelijke avonturen storten. Toen Alec als tweejarige in een diepe kelder was gevallen en met zijn vreselijk gehavende gezichtje een nacht ter observatie in het ziekenhuis moest blijven, zei de dienstdoende arts op de eerste hulpafdeling: "Het zijn altijd de jongetjes. Dobbelsteen ingeslikt? Een jongetje. Met de driewieler de sloot in gereden? Een jongetje. Uit de boom gevallen? Een jongetje." Dit patroon blijft zich tot in de volwassenheid herhalen. Waar vrouwen vaak een gekmakende onzekerheid tentoonspreiden, lijden veel mannen juist aan een meerderwaardigheidscomplex. Zo vertelde mijn golfleraar dat de meeste vrouwen (net als ik) eindeloos les nemen en tot in lengte van dagen op de *driving range* blijven oefenen, terwijl een man die voor het eerst een golfclub oppakt, gewoon denkt: "Hoe moeilijk kan dit zijn?" en schaamteloos de plaggen uit de baan gaat slaan.

Toch heeft dit ongebreidelde geloof in eigen kunnen de wereld al veel goeds opgeleverd. Het is dan ook niet toevallig dat waaghalzen en ontdekkingsreizigers veelal mannen zijn geweest. Toen de bergbeklimmer George Mallory aan het begin van de vorige eeuw werd gevraagd waarom hij de levensgevaarlijke Mount Everest wilde beklimmen, gaf hij het even beroemde als onzinnige antwoord: "Omdat hij er staat." Legendarisch is ook het aantal continenten dat is ontdekt, enkel en alleen omdat meneer de ontdekkingsreiziger de weg was kwijtgeraakt: zo noemde Columbus de Amerikaanse inheemse bevolking Indianen, in de stellige overtuiging dat hij in India was beland. En wij mogen dan heel erg trots zijn op onze Abel Tasman en het door hem ontdekte Tasmanië, maar het is toch eigenlijk ongelooflijk dat hij het gigantische Australië, wat er maar een steenworp vandaan ligt, nooit gevonden heeft. Toch mag de geschiedenis al die onbesuisde mannen dankbaar zijn: niet gehinderd door enige bescheidenheid hebben zij de wereld veranderd. En Richard? Die heeft zijn helikopter in elkaar gekregen. Maar toen ik vroeg of hij nu ook eens een ovenschotel wilde maken, schudde hij zijn hoofd. Veel te ingewikkeld.

Zoenen

Richard en ik zijn inmiddels alweer dertien jaar samen, maar wanneer wij elkaar zoenen springt er nog altijd een vonk over – letterlijk. Ik weet niet hoe het komt, maar blijkbaar zijn we allebei dusdanig elektrisch geladen dat het tussen ons nog steeds knettert. Gelukkig maar, want de schrijfster Helen Rowland noemde het huwelijk ooit "het mirakel dat een kus weet te transformeren van een pleziertje tot een plicht". Zou dat waar zijn? Verandert het zoenen na verloop van tijd écht van gepassioneerde overgave in geïrriteerde opgave? Ik hoop het niet. Maar het kussen verdwijnt met het klimmen der jaren wel uit het straatbeeld. Want waar tieners nog onder iedere lantaarnpaal staan te tongen, wensen volwassenen dat liever achter gesloten deuren te doen. Tongzoenen is ook bepaald geen kijksport; het heeft zelfs iets onsmakelijks wanneer mensen elkaar publiekelijk staan af te lebberen. De meeste actrices hebben dan ook een *no tongue* clausule in hun contract staan. Ze willen met alle liefde de meest wilde seksscènes simuleren, maar een medespeler moet het niet in zijn hoofd halen om zichzelf vacuüm te zuigen op hun mond.

Verandert het zoenen na verloop van tijd écht van gepassioneerde overgave in geïrriteerde opgave?

Ik heb zelf in drie films mogen spelen, maar wat zoenen betreft ben ik maar één keer in de prijzen gevallen. In de Amerikaanse televisiefilm *Remember* had ik weliswaar een bedscène, maar door het brave karakter van de zender NBC werd dat meer bed dan scène, als je begrijpt wat ik bedoel. Daarna deed ik auditie voor twee rollen in de James Bond-film *Tomorrow Never Dies*: in de eerste had ik een droge vrijscène met een acteur die moest doorgaan voor Pierce Brosnan en in de tweede moest ik opdraven als pr-dame van de slechterik. Blijkbaar waren mijn verleidingskunsten niet erg overtuigend, want het is de pr-dame geworden. Maar in de Nederlandse film *All Stars* had ik dan toch eindelijk beet: ik mocht heel lang en indringend zoenen met

Antonie Kamerling. Dit had natuurlijk het hoogtepunt van mijn cv kunnen worden, ware het niet dat Antonie kort vóór onze tongzoen een broodje tonijn had gegeten. En dat terwijl er maar één universele regel is die je in acht moet nemen bij het verkennen van andermans mond: zorg dat alle relevante holtes schoon zijn.

Tongzoenen is op zichzelf natuurlijk al een ietwat vreemde aangelegenheid; je steekt je tong tenslotte ook niet zo snel in andermans neus. Maar er zitten nog meer haken en ogen aan de juiste uitvoering van een gepassioneerde *French kiss*. Dé tongtijd bij uitstek was natuurlijk de middelbare school; bij gebrek aan verdergaande alternatieven riskeerde iedereen een nekhernia door het urenlange tongzoenen in dezelfde houding. Ieder vogeltje kust natuurlijk zoals het gebekt is, maar er zijn een paar manieren die absoluut niet gewenst zijn. Ik heb zelf bijvoorbeeld een bloedhekel aan De Staafmixer: een jongen die zijn dunne tong meteen in je mond duwt en daar als een bezetene rondjes gaat draaien. Ik gruwel ook van De Buitenboordmotor: iemand die niet alleen je mond maar ook je neus, bovenlip en kin een flinke sponsbeurt geeft. Dan heb je nog de vreselijke Deurmat, die zijn levenloze lap in je mond legt en hem daar rustig tien minuten laat liggen. En wat te denken van De Tochtstrip, die meent dat hij jou luchtdicht moet afsluiten. Ook het zoenen na de inname van veel bier dient tot een minimum beperkt te worden, want het verandert de tong in een soort zure rolmops die niet echt bijdraagt aan de feestvreugde.

Nee, goed kussen is niet makkelijk. Maar wanneer je de juiste partner hebt gevonden, blijf het dan vooral doen want niets kan zó intiem en hartstochtelijk zijn. Ik ben dan ook blij dat er tussen Richard en mij nog altijd een vonk overspringt, al is het dus vaak een echte. En het grappige is: wanneer ik mijn kinderen een zoentje geef, voel ik het ook geregeld knetteren. Blijkbaar hebben zij dezelfde elektrische lading als hun papa en mama. Niet dat ze dat begrijpen. Laatst gaf ik Emma een afscheidskusje op een partijtje, toen zij ten overstaan van iedereen uitriep: "Jakkie mama, ik voelde je snor prikken!"

Playboy

Van een Amerikaanse vriendin van mij kreeg ik vorige week het superdikke koffietafelboek *The Playboy Mansion,* over het infameuze partypaleis van *Playboy*-oprichter Hugh Hefner. Deze ultieme mannendroom is alweer ruim veertig jaar *in full swing,* al hebben de frivole festiviteiten in de jaren negentig een beetje op hun kont gelegen door Hefners huwelijk met Playmate Kimberly Conrad. Maar die hobbels zijn inmiddels ook weer uit de weg, dus The Playboy Mansion is bezig aan zijn tweede jeugd. Op de vele kleurenfoto's in het prachtige boek zie je 'Hef', zoals-ie door vriend en vijand wordt genoemd, alleen maar ouder en grijzer worden, terwijl de blonde Bunnies op een jaar of twintig zijn blijven steken. Hoewel Hugh Hefner het geniale IQ van 153 bezit, is de man zo gek als een deur. Want wie loopt er anders al bijna een halve eeuw in een zijden kamerjas en heeft op z'n 76ste nog 'verkering' met drie wulpse blondines? ("It's all Viagra", zei hij tegen Ruby Wax.) Hef is al vaak een kluizenaar genoemd, maar daar is hij heel duidelijk in: "Waarom zou ik mijn huis verlaten", zei hij eens tegen de Amerikaanse *Esquire*, "als ik thuis alles heb wat ik me zou kunnen wensen?"

Hoewel Hugh Hefner het geniale IQ van 153 bezit, is de man zo gek als een deur

En inderdaad: de ouwe baas heeft bijvoorbeeld een eigen 'Grotto', een rotsachtige lagune waar zijn Playmates elkaar eens lekker kunnen inzepen. Een man zou voor minder thuisblijven. Ik had overigens bijna zelf in die Grotto gezeten. Na mijn historische optreden in de James Bond-film *Tomorrow Never Dies* (4.37 minuten *screentime* op de kop af), wilde de Amerikaanse Playboy een 007-reportage met me doen. Omdat ik mezelf niet bepaald met een banaan in mijn mond en twee nietjes door mijn buik in een blad zag liggen, heb ik het recht bedongen om de hele fotoshoot zelf te mogen produceren. Uiteindelijk is de zwart-witte serie aan acht landen verkocht, waarbij de Duitse Playboy opende met de geweldige Jiskefet-koptekst: "Bondgirl Daphne packt ihre Waffen aus!" Hoewel mijn ouders bijna van de bank zijn gevallen van ellende (nee, paps en mams – ik zal het noooit meer doen), vond ik het een geweldige belevenis. Zeker toen ik een goudgerande uitnodiging in de bus zag vallen voor een exclusief James Bond-feestje in de Playboy Mansion. *Dat* wilde ik wel eens meemaken!

Maar ja, toen ze hoorden dat ik zes maanden zwanger was, werd ik ijlings gedesinviteerd. Een zwangere Playmate in Grotto – het moet niet gekker worden. Voor mij was het daarmee over-en-sluiten, maar de combinatie Playboy-James Bond blijkt na al die jaren nog steeds een magische aantrekkingskracht te hebben. Ik krijg nog iedere week brieven van over de hele wereld waarin James Bond-fans of Playboy-fetisjisten een foto met handtekening vragen. Ik heb dat heel lang braaf gedaan, totdat ik doorkreeg wat ze daarmee doen. Zo wordt mijn handtekening op internet te koop aangeboden voor $15, tussen die van Danny de Vito ($19) en Ellen DeGeneres ($27). Een handtekening 'met echte lipstick-kus' doet zelfs $20. Helemaal brutaal is de James Bond Autographs-site. Daar vragen ze voor een 'gewone' handtekening op een wit kaartje $49 en voor een gesigneerde kleurenfoto $129! 'She's very tough to get meanwhile' staat er nog bij. Ja, geen wonder. Zelfs domme blondjes leren bij.

Schoonheidsideaal

In Engeland wilde het ontharingsproduct *Veet* een heuse studie doen naar wat wetenschappelijk gezien het mooiste vrouwenloopje was. Richard Weber, hoogleraar aan de Universiteit van Cambridge, werd ingehuurd om uit te rekenen welke mathematische verhouding tussen taille, heupwijdte en beenlengte het meest sexy eindresultaat opleverde. Gelukkig zijn alle vraagstukken omtrent de opwarming van de aarde inmiddels opgelost, zodat wetenschappers hun handen weer vrij hebben voor dit soort prangende vragen. Weber sloeg ijverig aan het rekenen en ging vervolgens met een panel van achthonderd mannen allerlei beelden van aantrekkelijke dames bekijken. En wat denk je? Angelina Jolie had met afstand de meest sexy lichaamsverhoudingen, hetgeen resulteerde in een voor mannen onweerstaanbaar loopje. Dat was vast geen nieuws voor Jennifer Aniston, maar voor de Engelse consument moest het desondanks een geheim blijven. Want wat stond er in het uiteindelijke persbericht van Veet? Dat de veel rondere Jessica Alba als winnares uit het onderzoek naar voren was gekomen, gevolgd door voluptueuze schoonheden als Beyoncé en Jennifer Lopez.

Toen de verbaasde Weber navraag ging doen bij zijn opdrachtgever (Jessica Alba was in werkelijkheid namelijk op de zevende plaats geëindigd en Beyoncé op de vierde), bleek dat de fabrikant van de ontharingscrème eigenlijk van tevoren al had bepaald dat er een vrouw met rondingen moest winnen, omdat dit beter zou vallen bij de vrouwelijke consumenten. Dunne vrouwen zoals Kate Moss en Amy Winehouse moesten liefst helemaal onderaan eindigen om vrouwen een beter gevoel te geven over zichzelf én over Veet. Ongelooflijk. Wat voor beeld hebben fabrikanten van vrouwen als ze denken dat wij een spontane hekel krijgen aan een product, alleen maar omdat de superslanke

Wat voor beeld hebben fabrikanten van vrouwen. Zo labiel zijn we toch zeker niet?

Angelina Jolie het mooiste loopje blijkt te hebben? Zo labiel zijn we toch zeker niet? De 'Dovering' van de cosmeticamarkt is nu wel erg ver doorgeslagen. Ik heb jaren geleden al eens een kritische column geschreven over campagnes à la Dove, omdat de zogenaamd 'echte' vrouwen die daarin figureren in werkelijkheid zeer nauwkeurig zijn gecast. De consument wordt daarbij uiteindelijk net zo om de tuin geleid als bij advertenties van een geretoucheerde Claudia Schiffer. Daarvan weet je namelijk dat je naar een droombeeld zit te kijken, terwijl je bij foto's van 'echte' vrouwen eerder in de verleiding komt om exact hetzelfde schoonheidsproduct te kopen. Briljante marketing dus.

Andere fabrikanten hebben dat nu ook door en vervalsen zelfs met opzet de uitslag van een wetenschappelijk onderzoek, alleen maar om vrouwen letterlijk en figuurlijk op het verkeerde been te zetten. Kom op, dames. Zijn we echt zo makkelijk te beïnvloeden? De westerse mens wordt nu eenmaal steeds dikker. Een vriendin van mij hoorde op vakantie hoe Thaise vrouwen spottend aan westerse vrouwen refereerden als 'koeien'. Volgens Sunny Bergman, maker van de documentaire *Beperkt Houdbaar*, zijn wij echter geen koeien maar slachtoffers van het schoonheidsideaal. Is het heus? Ik weet dat je slachtoffer kunt zijn van oorlog, vrouwenhandel, hongersnood, verkrachting, terrorisme en seksueel misbruik – maar van het *schoonheidsideaal*? Is dat niet een beetje sneu, gezien de problemen elders in de wereld? Natuurlijk moeten de media een breder spectrum gaan laten zien van wat 'mooi' is. Maar ik wil niet dat Veet voor mij bepaalt welke winnares ik psychisch aankan. Dat soort slachtofferhulp kan me gestolen worden.

Roboseksueel

Binnen afzienbare tijd zal het heel normaal zijn om seks te hebben met een robot. Mensen gaan zelfs zo gehecht raken aan hun robot, dat ze er in de nabije toekomst mee zullen gaan trouwen. Aldus David Levy in zijn proefschrift *Love and Sex with Robots*, waarmee hij onlangs promoveerde aan de Universiteit van Maastricht. Daar moest ik toch wel even over nadenken. Seks met een *robot*? (Ik hoor mensen al mopperen: "Nou eh – wat is precies het verschil? Ik heb nu ook mechanische seks: stekker d'r in, even doorsmeren, en stekker d'r weer uit.") Toch is het helemaal niet zó vergezocht, want een heleboel mannen hebben reeds een liefdesrelatie met een pop. Dat begon al meer dan tweeduizend jaar geleden met de Griekse mythe van de beeldhouwer Pygmalion, die alle vrouwen te zondig vond om mee te trouwen. En dus maakte hij zelf een marmeren beeld van zijn ideale vrouw, noemde haar Galatea en overvoerde haar met cadeautjes en liefkozingen. Uiteindelijk bracht de godin Aphrodite het prachtige beeld tot leven. Blijkbaar is dit een soort oerwens: een mooie, brave en gewillige partner die je naar eigen believen in elkaar hebt geknutseld.

Blijkbaar is dit een soort oerwens: een mooie, brave en gewillige partner

In Amerika is vorige week met veel succes *Lars and the real girl* in première gegaan. In deze romantische komedie speelt Ryan Gosling de verlegen Lars, die dolverliefd zijn nieuwe vriendinnetje aan zijn vrienden en familie gaat voorstellen. Deze Bianca is echter geen mens, maar een RealDoll. Dit zijn levensechte siliconen sekspoppen, die ondanks hun prijs (tussen de zes- en tienduizend dollar) razend populair zijn. Toen ik op de site van RealDoll ging kijken, wist ik gewoon niet wat ik zag: je kunt daar vrouwen bestellen in alle soorten en maten, met – jawel – 'drie bruikbare lichaamsopeningen'. Met 'bruikbaar' zullen ze wel niet bedoelen dat de mond echt kan praten, want de RealDoll-kopers vinden het vooral fijn dat hun poppie lekker zwijgzaam is. Maar stel dat zo'n Bianca dankzij nieuwe robottechnologie ook nog zou kunnen poetsen en koken! Dan benaderde zij voor veel mannen ongetwijfeld het droombeeld van de ideale vrouw. Mooi, stil en zuinig – alleen na gebruik even afsoppen met een doekje. Al doet ze dat waarschijnlijk ook nog zelf.

Over het enthousiasme bij de mannen maak ik me dus geen zorgen. Naast hetero en homo is er ongetwijfeld genoeg animo voor roboseksueel. Maar is het ook iets voor vrouwen? Je hebt al Roomba, de robot stofzuiger en RoboMow, een zelfdenkende grasmaaier. Zoeken vrouwen daarbij nog een emotiearme dekhengst? (Nogmaals: wat is het verschil?) Bij RealDoll weten ze het ook niet zeker. Daarom hebben ze nu heel voorzichtig één man aan hun assortiment toegevoegd: Charlie. Helaas lijkt deze sekspop "met drie opzetstukken in verschillende staten van opgewondenheid" meer op een zombie uit *Madame Tussauds*. Nee, dan de razend knappe acteur Jude Law. Die speelde een aantal jaren geleden in de sciencefictionfilm *A.I.* een seksrobot genaamd Gigolo Joe. Kijk – zo'n prettige robot zou de dames wel over de streep trekken. Maar ja, vrouwen en techniek, dat is uiteindelijk toch geen gelukkige combinatie. Want stel, je seksrobot gaat stuk. Moet je dan met de ANWB bellen om 'm weer aan het rijden te krijgen?

Oud en Nieuw 2007

Weet je wat ik het fijnste vind van de dagen na kerst? Geen Mariah Carey meer op de radio, met dat jengelige "All I want for X-mas is joe-hoe..." Maar wat ik wél wilde voor Kerstmis, heb ik ook gekregen. Ik had dit jaar een hele batterij leuke cadeautjes onder de boom. Die had ik er zelf neergelegd, want dat werkt uiteindelijk toch het beste. Het leuke-weetjes-boek *Kijk niet naar mooie vrouwen als je nog moet nadenken,* de geestige biografie van acteur Steve Martin én een fles ylang-ylang massageolie... wat is het toch een genot om iets uit te pakken dat je zelf hebt ingepakt. Ik dacht altijd dat ik de enige was die zoiets deed, maar tijdens mijn signeersessies verklapten veel vrouwen dat ze mijn columnbundel 'voor zichzelf onder de boom gingen leggen'. Want als ze het cadeautje aan Jan moesten overlaten, dan kregen ze óf niks óf een USB-stick. Inderdaad, zo'n ding kan heel handig zijn. Maar ja, aambeienzalf kan ook heel handig zijn. Dat wil echter nog niet zeggen dat je het cadeau wilt krijgen.

Wat is het toch een genot om iets uit te pakken dat je zelf hebt ingepakt

Wat is dat toch met vrouwen en cadeaus? Waarom weten wij altijd precies waar we iedereen een plezier mee kunnen doen, maar andersom heeft niemand enig idee? Soms denk ik dat vrouwen hun wensen niet altijd even duidelijk durven maken (een eh... massagestaaf?). Maar eerlijk gezegd vermoed ik ook dat vrouwen diep in hun hart vinden dat hun dierbaren hun gedachten moeten kunnen lezen. Dat vind ik namelijk ook. Ik begin in oktober al om me heen te kijken in de winkels: dat zou leuk zijn voor mijn broer, daar zou ik Richard wel eens blij mee kunnen maken. Je kent je naasten toch door en door? Dan weet je ook wat ze willen hebben. Mijn familie zou dus eveneens moeten aanvoelen wat ík wil hebben. Maar zo werkt het niet. Zeker niet bij mannen. Wil je ze in totale verwarring brengen? Zeg dan: "Doe maar iets leuks." Dan weet je zeker dat je niks krijgt. Mannen houden van specifiek en gedetailleerd. Dat was al zo in de tijd van de holbewoners.

Al die rotstekeningen van mammoets en elanden waren eigenlijk de eerste boodschappenlijstjes. De vrouwen moesten het toen al helemaal uittekenen: twee kilo hert, drie kilo sabeltijger. Als ze hadden gezegd: "Doe maar wat lekkers", dan waren die mannen geheid met het verkeerde thuisgekomen. Bij praktische dingen vind ik het niet moeilijk om een lijstje te maken. Maar zodra het over wensen gaat, durf ik niet zo goed. Het staat zo hebberig: "Geef me dit, koop me dat." Kinderen hebben daar totaal geen problemen mee, die schrijven hun verlanglijstje voor Sinterklaas het liefst op een wc-rol. Misschien ben ik het als moeder ook een beetje verleerd om alleen voor mezelf ergens van te genieten. Ik ben altijd zo druk bezig om het iedereen naar de zin te maken, zeker in december. Bij het gehol van kerststol naar oliebol vergeet ik soms om óók aan mezelf te denken. Toen ik laatst over de A1 langs Muiderberg reed, zag ik een grote graffiti onder de brug: "Geniet! Ook jij kan 't." Dat is het, dacht ik. Een betere nieuwjaarswens kan ik niet bedenken.

Voetbalvrouwen

Ik heb niks met voetbal. Zo. Dat is eruit. Nu moet ik de rest van deze column nog enigszins zinvol zien te vullen. Maar wat is er zinvol aan voetbal? Toen de politie onlangs besloot te gaan staken, was er meteen paniek in voetballand. Zonder oproerpolitie schijn je geen competitiewedstrijd te kunnen spelen. Fotograaf Erwin Olaf heeft speciaal voor het EK een aantal Nederlandse topspelers vastgelegd met gescheurde shirtjes en bebloede lijven, als strijders op het slagveld. Dat vind ik nogal ongepast in een tijd waarin Nederlandse soldaten sneuvelen op een écht slagveld. Voetbal is géén oorlog, al zou je dat niet zeggen als je bij de F'jes langs de lijn staat. Daar slaan de ouders elkaar al de hersens in. Moeders gaan de tegenpartij met naaldhakken te lijf, scheidsrechters moeten rennen voor hun leven. Zulke dingen gebeuren nou nooit bij hockeywedstrijden, of bij grote sportevenementen in Amerika. In zo'n American Footballstadion zitten ook 100.000 fans, maar het meubilair, de straatverlichting, de winkels en de omringende auto's blijven gewoon heel. Het fenomeen *hooligan* is een puur Europees verschijnsel. Wonderlijk toch?

Engelse voetbalsterren. Het lijkt wel of niemand van die gasten zijn broek aan kan houden

Maar zo explosief als het er op de tribunes aan toe kan gaan, zo bedeesd zijn onze voetballers zelf. Marco van Basten, Dennis Bergkamp, de broertjes De Boer – allemaal publiciteitsvermijders die met hun jeugdvriendinnetjes zijn getrouwd en graag naar de camping gaan. Nee, dan de Engelse voetbalsterren. Het lijkt wel of niemand van die gasten zijn broek kan aanhouden. Manchester United-speler Wayne Rooney bleek een vaste bezoeker van diverse hoerenketen, waarop Coleen McLoughlin haar verlovingsring van 37.000 euro in het struikgewas slingerde – en nooit meer terugvond. Binnenkort gaan ze overigens toch nog trouwen. Niet dat zulks garanties geeft, want Chelsea-speler Ashley Cole bleek het kort na zijn peperdure huwelijksfeest met een kapstertje te doen, iets wat *Girls Aloud*-zangeres Cheryl hem uiteindelijk heeft vergeven. Dat gold niet voor topmodel Claire, echtgenote van ex-Arsenal sterspeler Thierry Henry. Meneer liet zich geregeld door een visagiste afpoederen, waarna Claire de scheiding aanvroeg – plus 15 miljoen euro. Dit alles wordt uiteraard breed uitgemeten in de Engelse roddelpers, waar de voetbalvrouw een zeer bijzondere status heeft. Ze heten daar WAG's, *Wives and Girlfriends*, en worden zowel opgehemeld als belachelijk gemaakt.

Uit onderzoek is gebleken dat het gros van de Britse schoolmeisjes 'voetbalvrouw' als droomberoep heeft. De kledingstijl van de WAG's wordt dan ook op grote schaal gekopieerd: lang haar en een kort rokje, een dure handtas en een goedkope uitstraling, hoge hakken en een laag decolleté en een grote zonnebril met een klein hondje. Het Engelse schandaalblad *Nuts* stelde een lijst samen van de 100 lekkerste voetbalvrouwen; een eindeloze parade van topless meiden en gelikte bikinibabes. Tussen al dat naakte geweld stond overigens één vrouw in een decente zwarte coltrui: Bernadien Robben. Dat zegt genoeg over de inborst van de Nederlandse voetbalvrouwen (de VOEV'jes): weinig internationale allure, maar wél beschaafd. Zie jij Leontien van Nistelrooij haar Ruud al uit een bordeel slepen? Nee toch zeker. Misschien is de Nederlandse voetballer, net als de Nederlandse man, niet zo'n seksuele avonturier (uitzonderingen daargelaten, Patrick). Een poll onder 2500 mannen heeft onlangs duidelijk gemaakt dat de heren liever interlands kijken dan seks hebben. Kijk, dat bedoel ik. Ik heb niks met voetbal.

Advies voor mannen

Ik kocht laatst de Britse mannenglossy *GQ* vanwege de mooie fotoreportage met Cameron Diaz. Cameron en ik schelen drie jaar en ik vind het inspirerend dat ze zo'n prachtig getraind lichaam heeft. Botox kun je in de winkel kopen, maar biceps – daar zul je zélf aan moeten trekken. Voor dat soort discipline heb ik echt bewondering. Ik ben nu ook al meer dan een jaar aan het trainen. Van al dat zitten achter de computer kreeg ik een kont als een sponscake, dus er moest iets gebeuren. Nee, ik ben niet van mijn geloof gevallen; ik vind sporten nog steeds niet echt leuk. Maar het resultaat is wél leuk, en de armen van Cameron Diaz ook. Dus ik ga gewoon door. Ik heb sinds kort zelfs bokstraining – altijd handig gezien mijn speciale relatie met de roddelpers. Maar ik dwaal af, want ik wilde het vandaag eigenlijk over iets anders hebben. Door de fotoreportage van Cameron lag er namelijk een leerzaam object in mijn huis: een mannenblad. Het was bijzonder vermakelijk om de wereld nu eens vanuit het mannelijk perspectief te bezien.

"Welk sexspeeltje kan ik meenemen op vakantie zonder genante momenten bij de douane?"

Want wat blijkt? Ook de heren zijn onzeker over hun lichaam. De moderne man wordt bestookt met advertenties zoals die van David Beckham, waarin de voetballer zich wijdbeens etaleert met een zeer goed gevulde slip. Maar een *GQ*-columnist schrijft beteuterd hoe zijn zaakje helemaal niet in die onderbroeken past: "Er is een zichtbare pik-uitstulping in gemaakt, waar met gemak een blikje Heinz tomatensoep in zou passen. Mijn kleine mannetje voelt zich daar behoorlijk eenzaam; hij raakt niet eens de kanten!" Ach gossie. Een andere columnist schrijft over zijn angst voor *moobs* (man-boobs): de borsten die ongetrainde mannen boven de dertig gaan ontwikkelen. Maar ja, verzucht hij, "Jongens kopen condooms en gebruiken ze niet. Mannen kopen fitnessapparaten en gebruiken ze niet." Hoe waar! Dan is er de rubriek met prangende vragen: "Welk seksspeeltje kan ik meenemen op vakantie zonder genante momenten bij de douane?" Antwoord: met de fruitmand op je hotelkamer kun je ook interessante dingen doen. Of het relatieadvies: "Hoe houd ik mijn huwelijk leuk?" Met een hobby, zegt GQ, "want dat is goedkoper dan een minnares". Ik zou zeggen: ga tuinieren, heb je meteen je eigen fruitmand.

Wordt het alsnog niks met dat huwelijk, dan biedt het blad een uitgebreid artikel over scheiden. Een scheiding is niet makkelijk, vinden ze. Vooral niet voor je portemonnee. "Geen enkele verstandige man met geld zou moeten trouwen", meldt *GQ*, want die heksen van exen krijgen tegenwoordig zomaar de helft. Het huwelijk is sowieso een opgave, want voor succesvolle mannen zijn er 'zoveel zakenreishoertjes en verleidelijke golddiggers' dat het leven buitenshuis 'een snoepwinkel met landmijnen' is. Gelukkig verwerken mannen hun scheiding beter dan vrouwen, schrijft *GQ* monter, want ze nemen gewoon een jonge vriendin. Vrouwen daarentegen blijven jarenlang 'onredelijk boos'; vooral als ze zijn ingeruild. Met de kinderen alleen nog in het weekend, blijft er voor paps genoeg tijd over om doordeweeks te daten. Daar kan-ie geen ouwe kop bij gebruiken, dus in *GQ* ook een grote advertentie van Restylane, een opvulmiddel tegen rimpels. Handig. Misschien kan meneer het ook gebruiken om die lege onderbroek wat bij te vullen.

Fantasieën

Er is weer eens een nuttig onderzoek gedaan. Vrouwen blijken in bed het liefst te fantaseren over... brandweermannen. Echt? Ik zie die attractie niet zo. Ik bedoel – tegen de tijd dat er zo'n besnorde spuitgast aanbelt, slaan de vlammen meestal uit de bovenverdieping. Vind ik niet zo opwindend. Maar misschien is het meer het *beeld* van een brandweerman: stoer pak aan, grote spuit in de hand. Volgens mij wil de moderne vrouw diep van binnen nog steeds graag 'gered' worden. De nummers twee en drie op de lijst van seksuele fantasieën zijn namelijk soldaten en politieagenten. Is het de dikke knuppel? Of misschien toch dat sexy camouflagepak? Best handig, zo'n man die je na gebruik onzichtbaar in de tuin kan zetten. Uniformen kunnen heel opwindend zijn, dat geef ik toe. Denk alleen al aan Richard Gere in *An Officer and a Gentleman*. Maar een uniform kan ook bedrieglijk werken, want het ding moet toch een keer uit. Ik noem dat het skileraarsyndroom: zonder die rode overall blijkt Der Stefan een gewone Oostenrijkse veehouder te zijn. (Stefan kan het pak natuurlijk ook aanhouden, maar de ervaring leert dat hij dan heel voorzichtig moet zijn met de rits.)

Toen Jennifer Aniston nog getrouwd was met Brad Pitt, speelde hij in de film *Troy*. Als de held Achilles droeg Pitt een kittig harnas dat historisch gezien ongetwijfeld een aanfluiting was, maar oh – wat een lekker tuigje. Pitt vertelde destijds in een interview dat Aniston had gevraagd of hij dat leren pakje in bed wilde aanhouden. Ja, dát kan ik begrijpen. Ik vind dat soort historische kostuums ook helemaal geweldig. Denk maar aan Clive Owen in *King Arthur*. Maar ja, die man mag van mij alles aan. Of uit, daar doe ik niet moeilijk over. Uit het bovengenoemde onderzoek is gebleken dat

Ik vind drie dingen lekker: chocolade, een warm bad en Clive Owen, maar waar fantaseren mannen eigenlijk over?

veertig procent van de vrouwen ook wel eens fantasieën heeft over een beroemdheid. Daar hoor ik ook bij. Ik vind drie dingen lekker: chocolade, een warm bad en Clive Owen. Of nog beter: Clive Owen in een bad van warme chocolade. Maar voor ik helemaal afdwaal – waar fantaseren mannen eigenlijk over? Willen die ook 'gered' worden uit de dagelijkse sleur? Nee, niet bepaald.

Mannen willen juist graag verzorgd worden. Hun favoriete seksuele fantasiefiguur blijkt de verpleegster te zijn. Op de tweede plaats komt het kamermeisje en op de derde plaats de stewardess. Verzorgen, zuigen en bedienen: de mannelijke belevingswereld in een notendop. Wonderlijk eigenlijk, dat de droombeelden van mannen en vrouwen zo ver uit elkaar liggen. De prins op het witte paard voor de één en het dienstertje met het witte schort voor de ander. Zouden hier echt diepgewortelde verlangens aan ten grondslag liggen, of zijn dit juist de meest populaire fantasieën omdát ze zo onrealistisch zijn? Want zeg nou zelf: wie wil er nu werkelijk door oom agent in een wielklem worden genomen? Andy Warhol heeft eens gezegd dat de gefantaseerde liefde veel beter is dan de werkelijke liefde: "*Het* nooit doen, is erg opwindend. De meest opwindende verliefdheden zijn die tussen twee uitersten die elkaar nooit zullen krijgen." Klinkt aannemelijk. Maar als Clive Owen morgen voor de deur staat met een chocoladefondue, gaan de buren geheid de brandweer bellen!

De handtas

Naast het fijnstof en de grote hoeveelheden zout in het eten, dreigt er sinds kort nóg een gevaar voor de volksgezondheid: de handtas. Althans, dat stellen bezorgde fysiotherapeuten. Door de huidige mode van grote handtassen schleppen veel vrouwen iedere dag een tas van vier à vijf kilo met zich mee. Dit schijnt te resulteren in ernstige rug- en nekklachten. Volgens de Amerikaanse arts Jane Sadler is er slechts één remedie voor dit naderende onheil: kleinere handtassen gebruiken en alleen het hoogst noodzakelijke meenemen. Maar ja, wat is het hoogst noodzakelijke? Mannen doen vaak lacherig over het feit dat vrouwen hun hele hebben en houden in zo'n tas stouwen, maar ondertussen dumpen zij hun spullen maar al te graag bij jou. Toen ik laatst met Richard naar een première ging in *Carré*, had ik een mooi, klein avondtasje bij me. "Geef dat ding effe", zei manlief op de rode loper, "dan doe ik daar mijn telefoon, de portemonnee en de autosleutels in." "Ben je gek!", siste ik, "dan krijgt-ie allemaal van die onesthetische bulten!" Helaas zijn mannen nooit zo gevoelig voor goede smaak.

Er zijn veel overeenkomsten tussen een goeie tas en een goeie man

Toen ik het 'ding' (lees: mijn kittige zwarte *limited edition* Gucci bamboo) terugkreeg, leek het wel een condoom gevuld met walnoten. De meeste mannen laden hun spullen ook graag in hun broekzak, iets wat ik als puber door schade en schande heb moeten leren. Bij mijn eerste amourette na een discofeest op de middelbare school dacht ik namelijk dat ik heel erotisch bezig was, maar al snel bleek dat ik de zakdoek in de broekzak van mijn vriendje aan het onderzoeken was. Maar goed, ik had het over handtassen. Want waarom stoppen vrouwen toch hun halve huishouden in die tas? Ook dáár schijnen psychologen over te hebben nagedacht. Vrouwen zoeken steun en zekerheid bij hun handtas, omdat deze hun het gevoel geeft dat ze in geval van nood alles bij de hand hebben: haarlak, deodorant, ademverfrisser, extra panty, make-up, tampons, condooms, inlegzooltjes, inlegkruisjes, inlegbeha-vullingen... Ik heb een vrouw zelfs al eens een föhn uit haar tas zien halen. Respect!

In vroegere eeuwen droegen vooral mannen tasjes maar wie nu nog met zo'n polstasje loopt, krijgt zeker geen seks. Ook zo'n kangoeroebuidel wil maar niet geil worden, zeker wanneer het gecombineerd wordt met sokken in sandalen. Mannen met tasjes doen dus pijn aan je ogen, maar vrouwentassen kunnen pijn doen aan je maag. Onderzoekers hebben namelijk ontdekt dat handtassen een broedplaats zijn van bacteriën, doordat vrouwen allerlei koek en zopie in hun tas laten slingeren. En ik moet zeggen: de bodem van mijn handtas is inderdaad een interessante biobak van broodkruimels, koekresten en een plakkerige substantie. Je moet je tas ook nóóit op de grond zetten in een openbaar toilet, want de Louis Vuitton E.coli is niet goed voor je gezondheid. Rest de vraag: wat is toch de aantrekkingskracht van steeds weer een nieuwe handtas? Ik denk dat het komt doordat er veel overeenkomsten zijn tussen een goeie tas en een goeie man: liefst met veel inhoud en een uiterlijk dat jaloezie oproept bij andere vrouwen. En als de klep niet meer dicht wil en hij begint te plakken of uit te zakken, is er ieder seizoen weer een nieuw model.

Beginnersbeha

De meeste kinderen kunnen zich niks voorstellen bij het idee dat hun ouders ook intiem zijn. Maar er is één ding dat nog ongemakkelijker is dan het seksleven van je ouders, en dat is het seksleven van je kind. Niet dat mijn kinderen al een seksleven hebben – hallo zeg, ze zijn pas tien en acht. Maar het is het *idee*. Hoe kom ik überhaupt op dit idee? Door vriendinnen met iets oudere kinderen. Toen zij hoorden dat mijn dochter Emma de komende maand voor het eerst met haar klas op kamp gaat, riepen ze lachend: "Ja Daphne, nu gaat het beginnen!" Natuurlijk is zo'n schoolkamp van groep zes nog steeds een onschuldige gebeurtenis; die kinderen gaan echt niet strippokeren of zo. Maar op zo'n weekje zonder ouders gaat het hele spel wél beginnen: het jongens-plagen-is-kusjes-vragen, het uitdagen en het flirten. En niet te vergeten het geniepige meidengedoe, met het eeuwige kliekjesvormen, het buitensluiten en het roddelen. Toch is dit allemaal nog kinderspel vergeleken bij de ervaringen van mijn vriendinnen wier kinderen al op de middelbare school zitten. Daar kan ik me soms echt over verbazen; gaat er in de komende twee jaar werkelijk zoveel voor mijn dochter veranderen?

Je voelt je al een hele kip, maar je bent in feite nog een kuiken

Het aloude schuifelen op schoolfeestjes is bijvoorbeeld vervangen door *bubblen*, waarbij de jongens ruw met hun onderlijf tegen de billen van een meisje aanschuren. Vroeger mocht je als meisje tenminste nog zelf bepalen met wie je wilde schuifelen. Bij het hedendaagse *bubblen* hebben de jongens jouw toestemming helemaal niet meer nodig. Ze rijden gewoon tegen je aan als zíj dat leuk vinden. En dus heb ik al tegen Emma gezegd: lieve schat, daarvoor zit jij nou op karate. Als je de kranten moet geloven, drinkt het gemiddelde Nederlandse kind al in groep acht zijn eerste Breezer of mixdrankje. Ook de seksuele drempel schijnt alsmaar omlaag te gaan, mede dankzij de zeer expliciete muziekvideo's op TMF en MTV. Als ouder hoop je natuurlijk dat jouw kind dit soort ongein allemaal niet uithaalt. Maar ja, dat hoopten *mijn* ouders ook. Want hoeveel is er nu eigenlijk écht veranderd? Ook mijn ouders waren overbezorgd, en ook mijn ouders hadden geen idee hoezeer ze daarmee gelijk hadden. Want als ik eraan terugdenk wat wij op de middelbare school allemaal voor rottigheid hebben uitgehaald... Toen bestond MTV nog niet eens! Eigenlijk gieren de hormonen veel te vroeg door je lijf. Je voelt je al een hele kip, maar je bent in feite nog een kuiken. En met je verstand in je beginners-bh doe je soms oerdomme dingen.

Zo had ik op de middelbare school verkering met een leuke jongen die een rijbewijs had. Hij kwam mij met het boodschappenautootje van zijn moeder ophalen, en ik had tegen mijn ouders gezegd dat we naar de bioscoop gingen. Maar in plaats daarvan reden we linea recta naar een donker bospaadje. Wat we logistiek dachten te gaan doen in dat kleine koekblik is mij niet meer helemaal duidelijk, maar binnen afzienbare tijd waren de stoeltjes naar achteren geklapt en de ramen beslagen. Ik weet nog heel goed dat ik opeens een donkere schaduw bij de achterruit zag staan. Er keek iemand naar binnen! Geschrokken raapte ik mijn kleren bij elkaar. De duistere figuur begon vervolgens met een sterke zaklamp naar binnen te schijnen. We hebben daardoor nooit zijn gezicht gezien en hij heeft ook geen woord gezegd, maar die griezel begon wél aan de portieren te morrelen. Daarop draaide mijn vriendje het raam een klein stukje open en vroeg ietwat naïef: "Bent u de boswachter?" "Nee, natuurlijk niet!", schreeuwde ik, "we moeten hier weg!" De man stak toen zijn hand door de spleet van het raam om zo de auto van binnen te openen. Terwijl ik het raam dichtdraaide, startte mijn vriendje de auto. Toen wij halfnaakt het bos uitscheurden, lagen we dubbel van het lachen. Pas jaren later realiseerde ik me dat het helemaal niet grappig was geweest: deze idioot had duidelijk slechte plannen. En dit was in 1984 – het aantal idioten is sindsdien niet drastisch verminderd. Integendeel zelfs.

Dus toen de tienerdochter van mijn vriendin laatst boos tegen haar moeder schreeuwde: "Ik mag nooit wat! Jij weet niet meer hoe het is om jong te zijn!" moest ik daar wel om lachen. Want réken maar dat we het nog weten. Dat is juist het probleem.

De vrouw, een verkorte cursus

Er zijn een aantal dingen die mannen maar moeilijk kunnen begrijpen. Vandaar deze verkorte cursus 'vrouw' met tien gebruikerstips.

1) Kaarsjes zijn wél gezellig. Veel mannen hebben een hekel aan het geflakker of krijgen hoofdpijn van geurkaarsen als *creamy vanilla* en *summer spice*. Maar het ergst vinden ze nog het halfdonker. Dat merk ik vooral met Kerstmis. Dan hebben we net romantisch getafeld, kaarsjes erbij... gooit Richard opeens alle tl-buizen aan "om even grondig te kunnen afruimen". Het begrip sfeerverlichting is totaal niet aan mannen besteed; die zíén graag wat ze doen. "Ik zie geen reet" is dan ook een veelgehoorde klacht – eentje die in bed zelfs letterlijk is te nemen. Dus, heren: wil je een goede beurt maken, steek dan zelf de kaarsjes aan en ga verder op de tast.
2) Wanneer een vrouw de hele middag met haar beste vriendin heeft gewinkeld, kan ze 's avonds rustig nog een uur met haar aan de telefoon hangen. Ik zou hier als man geen commentaar op geven. Ik zou wel een voetmassage geven, want shoppen is vermoeiend.
3) Nee, de verhaallijn van *The Bold and the Beautiful* is niet ingewikkeld. Het gaat al sinds mensenheugenis over Brooke en Ridge. En Brooke en Nick. En toen weer Brooke en Ridge. En Ridge en Ashley. En Brooke weer met Nick. En Ridge weer met Brooke. Dus als je zegt: "Het is wat hè, met Brooke en Ridge", zit je de komende tien jaar goed.

Waarom kunnen mannen zo moeilijk onthouden wat overspel is?

4) Vrouwen kleden zich hoofdzakelijk voor andere vrouwen. De meeste mannen zien geen verschil tussen C&A en D&G, maar vrouwen geven elkaar een genadeloze bodyscan. Blijf als man op veilige afstand.

5) Vrouwen weten heus wel wat buitenspel is. Een speler staat in buitenspelpositie als-ie dichter bij de doellijn van de tegenstander staat dan de bal en de vóórlaatste tegenstander. Simpel. Maar nu mijn tegenvraag: waarom kunnen mannen zo moeilijk onthouden wat overspel is? Nog één keer dan: een man staat in overspelpositie als-ie met zijn ballen te dicht op de buurvrouw staat, met als doel om te scoren.
6) Vrouwen kunnen creatief calorieën tellen: "Als ik nu een cola light neem, mag ik straks een Magnum." Discussies over logica worden hierbij niet op prijs gesteld.
7) Een man is een gasfornuis, maar een vrouw is een heteluchtoven. Die moet eerst voorverwarmd worden. Dat doe je níét door als een bezetene aan de twee thermostaatknopjes te gaan draaien. Het invetten van de bakplaat begint 's middags al, met een welgemeend complimentje of een lief gebaar. Wees voorzichtig met bloemen; niks maakt vrouwen zo achterdochtig als een mooi boeket.
8) Inderdaad, vrouwen hebben een voorliefde voor onpraktische schoenen. Maar wat maakt het uit dat ze er niet op kan lopen? Dan gaat ze er toch mee liggen?
9) Oplaadbare apparaten moet je geregeld laten leeglopen, want dat verlengt de levensduur. Dit geldt ook voor vrouwen. Laat haar regelmatig helemaal leeglopen, zónder dat je met adviezen komt. Wanneer ze al die negatieve energie kwijt is, kan ze zich des te beter opladen – voor jou.
10) Kort en goed: een vrouw wil van haar man hetzelfde als van haar beha. Ondersteuning op de juiste plekken en verder vooral veel bewegingsvrijheid.

Geurspoor

De wastafels van Richard en mij zijn identiek; alleen wat erop staat verschilt nogal. Bij mij is dat l'Oréal Derma Genesis voor het gezicht, Dior Capture XP anti-rimpelserum, Elnett haarspray, Polysianes haarolie, Garnier Pure poriën-sluitende lotion, Elizabeth Arden Eight Hour Cream voor de lippen, RoC Retin-ox nachtcrème, dr. Hauschka rozenspray, Lancaster sur-activ voor het decolleté, Sephora make-up remover, VEET ontharingscrème voor de bikinilijn, Garnier bodycocoon voor het zachte velletje, Nivea zonnebrandcrème factor 30 en Zwitsal aftersun zonneschuim. Bij Richard staat alleen deodorant. Nou ja, doe gek, hij heeft ook aftershave. Richard snapt niet waarom ik zoveel gereedschap nodig heb, en hij snapt al helemaal niet waarom het hele arsenaal mee moet op vakantie. Hij zegt dat hij mij 'puur natuur' het mooiste vindt, maar daar geloof ik stiekem niks van. Alle mannen zeggen dat graag, maar volgens mij zien ze hun vrouw toch het liefst goed verzorgd. Het mag alleen geen tijd kosten, geen plaats innemen en niet zo overduidelijk zijn.

Theezakjes op je ogen, wax tussen je benen – er zijn dingen die een man niet hoeft te zien

Wanneer je elkaar net kent, haal je het niet in je hoofd om in het bijzijn van je geliefde je bovenlip te harsen, je teennagels te knippen of een gezellig kleimasker te nemen. Ook in een langdurige relatie zou deze hele monumentenzorg eigenlijk achter gesloten deuren moeten plaatsvinden. Ik ken een stel dat er een gewoonte van heeft gemaakt om elkaars mee-eters uit te knijpen, maar persoonlijk ben ik van mening dat dit soort werkzaamheden de romantiek niet vooruit helpt. Net als een goochelaar moet een vrouw een bepaalde mystiek houden; je hoeft je niet bij alles in de kaarten te laten kijken. Theezakjes op je ogen, wax tussen je benen – er zijn dingen die een man niet hoeft te zien. Hij wíl ze trouwens ook niet zien, want mannen zijn meer gecharmeerd van het idee dat je haar 'vanzelf' zoveel volume heeft dan dat je twintig minuten op de kop hebt staan föhnen. En moet hij echt weten dat die opgewonden glans op je wangen gewoon een blusher is van Nars, met de veelzeggende titel *Orgasm*? Welnee.

Maar ik moet eerlijk zeggen dat ik ook van de heren niet alles hoef te zien. Rugharen harsen, neusharen trimmen, kalknagels vijlen – nee, bedankt. Plassen onder de douche, onder de eigen oksels ruiken, om de drie minuten het zaakje recht leggen – liever niet. Oorsmeer bekijken, tussen de tanden peuteren, boeren na het eten – in je eigen tijd, vriend. Begrijp me niet verkeerd: samen zijn schept natuurlijk ook een lichamelijke band. In een goede relatie voelen beide partners zich dusdanig op hun gemak dat zij zich nergens voor hoeven te schamen. Als je thuis al niet jezelf kunt zijn, waar dan wel? Maar er is ook nog zoiets als goed fatsoen; een wettelijk minimum aan huiselijk decorum. Zo mag een man geen geurspoor van scheten door het huis trekken. Scheten laten in bed is al helemáál de ultieme sfeerbederver, al zeggen veel mannen dat zij dit juist het toppunt van ontspanning vinden. Dit soort onhebbelijkheden laten zich overigens het beste oplossen met enige charme. Je zegt gewoon: "Schat, laten we champagne meenemen naar bed!" En terwijl hij zich verkneukelt over het vooruitzicht, weet jij al wat je met de kurk gaat doen.

Mannenweekend

Afgelopen week speelde Richard een veteranentoernooi in Noord-Spanje en Alec ging voor het eerst alleen met hem mee. Richard had gezegd dat ze er een lang 'mannenweekend' van zouden maken, en Alec nam dat met zijn acht jaar aandoenlijk serieus. De avond voor ze vertrokken, kon hij van de opwinding niet slapen. Alec had zijn eigen koffertje ingepakt, maar hij wilde de inhoud toch nog één keer met mij nalopen. Witte tennisbroekjes – check. Mouwloze Nadal-shirtjes – check. Spiderman onderbroekjes – check. Verlegen stond hij te drentelen met zijn twee knuffelpinguïns. "Mama...", fluisterde hij ten slotte, "kunnen mijn pipi's wel mee op een mannenweekend?" "Natuurlijk", zei ik, "het zijn toch ook jongens? En je zou toch niet willen dat je knuffels het hele avontuur zouden missen?" Opgelucht legde Alec zijn onafscheidelijke vriendjes in zijn koffer. "Niemand hoeft ze te zien toch?" vroeg hij hoopvol. "Weet je Alec", antwoordde ik, "*jij* vindt ze leuk. En je hoeft je nooit te schamen voor de dingen die je leuk vindt."

Daar gingen ze dan, de mannen van wie ik het meeste houd

"Ja, ja", lachte Alec, "jij vindt het anders ook leuk om de hele zaterdag in je badjas rond te lopen. Maar als er dan toevallig iemand langskomt, trek je heel snel gewone kleren aan!" Eh, inderdaad. Wat is het toch fijn om door je eigen kinderen op pedagogische tegenstrijdigheden te worden betrapt. Vanaf een bepaalde leeftijd kom je steeds minder weg met "omdat ik het zeg". Steekhoudende argumenten willen ze horen; en owee wanneer je je als ouder niet aan je zelfbedachte regels houdt. Opvoeden is vóórleven – en dat blijkt in de praktijk veel moeilijker dan het klinkt. Bij een aantal huishoudelijke klassiekers (Eet je bord leeg! Laat je schoenen niet slingeren! Ruim je kamer op!) scoor ik zelf namelijk ook niet al te hoog. Op zulke momenten maak ik mezelf wijs dat het voor kinderen heel gezond is wanneer ze zien dat hun ouders ook maar mensen zijn. En dat ze heus geen perfectie hoeven nastreven, als hun intentie maar zuiver is.

Gelukkig zit dat wel goed, want zoals de meeste kleine kinderen loopt Alec nog over van de goede bedoelingen. "Mama", straalde hij, "weet jij met wie papa deze week gaat inslaan voor zijn partijen? Met mij. En ik ga hem ook coachen tijdens zijn wedstrijden. Ik heb een schriftje gemaakt met de tips die ik ga geven." "Noem eens een voorbeeld?" vroeg ik lachend. "Eerste service in", antwoordde hij met een serieus snoetje. Nou, dat kon niet meer stuk. De volgende ochtend op Schiphol had ik het best even moeilijk. Want daar gingen ze dan, voor het eerst met z'n tweeën, de mannen van wie ik het meeste houd. Alec had het schriftje met de "taktiezen tips" alvast in zijn hand, want je wist maar nooit. Er stonden blijkbaar hele nuttige dingen in, want een paar dagen later kwamen vader en zoon met de beker terug naar huis. Het was aandoenlijk om te zien hoeveel praatjes Alec van het 'mannenweekend' had gekregen. "Ik heb mijn knuffels gewoon op de baan gezet naast papa's tennistas", zei Alec luchtig. "Papa vroeg nog: kan dat wel? Maar ik zei: rieleks pap. Je hoeft je nooit te schamen voor de dingen die je leuk vindt."

Het ligt niet aan jou

Laatst zat ik te kijken naar een aflevering van *CSI* toen er een naakte vrouw werd opgedregd. Haar gezicht was onherkenbaar, dus de hoofdrolspelers zochten op het lichaam naar aanwijzingen over haar identiteit. "Kijk, ze heeft mooi verzorgde teennagels", zei Horatio Caine, "dat betekent dat ze in ieder geval niet op straat leefde of zo." Dat is lekker, dacht ik. Zelfs als een verfrommeld lijk moet je als vrouw nog een blinkende *french manicure* kunnen laten zien, wil je niet als dakloze worden weggezet. Vroeger zei mijn moeder altijd dat ik vooral schoon ondergoed moest aantrekken voor het geval ik een ongeluk kreeg en naar het ziekenhuis zou worden gebracht. (Hoe raar was dát eigenlijk?) Maar nu moet je dus bovenal je teennagels goed verzorgen, anders denkt de patholoog misschien nog dat je uit een *crackhouse* bent weggelopen. Soms worden de eisen die er aan het vrouwenlichaam worden gesteld wel erg ver doorgedreven. Waxen, scheren, polijsten, vijlen – alles moet gladder dan glad.

Maar we doen al die malligheid natuurlijk ook zelf. Toen Richard en Alec vorige week op mannenweekend waren, heb ik met Emma een meidenweekend gedaan. We zijn bijvoorbeeld samen naar de schoonheidsspecialiste geweest voor zo'n heerlijke mani-pedi. En wat denk je? Emma was meteen verkocht. Vrouwen, zelfs de tienjarigen, vinden het nu eenmaal een traktatie wanneer er iemand aan hun voeten zit. Veel mannen moeten daar niet aan dénken. Laatst schreef ik al over het verschil in wastafel tussen Richard en mij: 37 beautyproducten versus één deo. En opeens dacht ik: ik zou wel eens een dag een man willen zijn. Want bij mannen zijn stoppels sexy. Bij veel mannen puilt het schaamhaar aan alle kanten uit hun Speedo. In sommige gevallen woekert het zelfs door naar de navel – en niemand kijkt ervan op of om. Mannen ko-

Er is eigenlijk maar één ding dat ik zou willen doen als ik 24 uur een man mocht zijn

men zelfs weg met haren op hun rug! Niet dat ik een dagje harig zou willen zijn. Er is eigenlijk maar één ding dat ik zou willen doen als ik 24 uur een man mocht zijn: seks hebben. Dat zou ik heel graag eens van de andere kant willen ervaren. Eerste bonus: je hoeft in ieder geval nooit op de natte plek te liggen.

En ik zou wel eens willen weten wat een man nu eigenlijk écht denkt tijdens de seks. Iets over innigheid, verstrengeling of eeuwigdurende liefde? Nah. Ik gok op iets diepzinnigs in de trant van "Ggmmpmf!". Ik zou ook graag eens deelgenoot willen zijn van mannengesprekken. Zijn die van het niveau: "Kijk eens hoeveel *gieg* ik heb op mijn nieuwe telefoon" of "Hey pik, mooie sloffen heb jij onder je auto!" Of gaan die gesprekken ook daadwerkelijk ergens over? Ik zou ook graag eens zo'n IKEA-kast in elkaar schroeven – bij voorkeur zonder tekening, want gebruiksaanwijzingen zijn voor watjes. Of bij Hornbach met gepaste autoriteit over de ijzerwarenafdeling lopen. Of met vrienden ladderzat worden en dan scènes uit *Jackass* naspelen, zoals die ene met die balzak en dat nietpistool. Maar verder? Wat zou ik doen als ik een man was? Oja, natuurlijk. De klassieker. Het keihard uitmaken, grondig iemands hart breken, en dan met droge ogen zeggen: "Nee, het ligt niet aan jou. Het ligt aan mij."

Plakzak

Ik heb heel wat reacties gekregen op mijn column van vorige week, over wat ik zou doen als ik 24 uur een man was. Veel vrouwen waren het met me eens dat het hebben van seks punt nummer één op de agenda zou zijn. Naast nog wat intrigerende losse vragen ("Ik zou wel eens willen weten waarom mannen eigenlijk tepels hebben"), schreven opvallend veel vrouwen dat ze graag eens zouden ervaren waarom mannen zo vaak ongegeneerd aan hun kruis zitten. Stel je voor dat vrouwen om de zoveel tijd in hun borsten zouden knijpen. Gewoon, in het openbaar, tijdens een gesprek. Of bij de bushalte, in de supermarkt, bij de koffieautomaat. Even een knijpje links, wat wrijven rechts... dat zou toch ondenkbaar zijn? Maar mannen doen het aan de lopende band. Dat begint al heel jong. Kleine jongetjes van een jaar of vier grijpen standaard naar hun piemeltje als ze zenuwachtig zijn. Daar schijnen ze rustig van te worden – al zit je daar als moeder niet echt op te wachten wanneer ze op het schoolpodium staan tijdens de zomermusical.

Volgens de opvoedboeken gaat dit gedrag vanzelf weer over. Hoe komen ze daar nou bij? Het is juist het begin van een levenslange gewoonte. Zelfs voetballers van het Nederlands elftal kunnen het niet laten om vóór een vrije trap (naast het spugen en het legen van de neus) een geruststellend knijpje in hun zaakje te doen. Daar moet toch een reden voor zijn? Is het misschien een bevestigende check-up, zo van: kom op gozer, je hebt nog steeds ballen? Is het ordinaire jeuk? Of moeten de kroonjuwelen geregeld worden gekanteld omdat ze anders doorliggen? Toen ik afgelopen week moest draaien voor mijn nieuwe tv-programma, kwam tijdens de crewlunch ook mijn column ter sprake. "Ik snap niet dat vrouwen mannen zo mysterieus vinden", zei de productieleider. "Jullie kunnen toch gewoon vragen wat je wilt weten?"

Waarom grijpen mannen zo vaak in hun kruis?

Nou, vooruit dan. Waarom grijpen mannen zo vaak in hun kruis? "Dat is heel simpel", kwam het antwoord. "Zeker met dit warme weer krijg je als man vaak een plakzak. Dan plakt-ie tegen je buik of tegen je been. En dan moet je 'm even lostrekken."

Een plakzak! Wat een mooi woord. Je kunt het ook gebruiken voor kerels waar je niet vanaf komt. Ik vertelde het later tegen een vriendin van mij en zij knikte instemmend. "Ja, dat ken ik", zei ze, "als mijn man lang op de fiets heeft gezeten, klaagt hij na het afstappen altijd over een slaapzak. Die schijn je dan ook weer even te moeten aanzwengelen." Een plakzak en een slaapzak – ik begin te begrijpen waar de knijpzak vandaan komt. Het duurde natuurlijk niet lang of mijn camerateam ging helemaal los. Er kwamen suggesties over de stofzak ("Zo voelt het als je lang geen seks meer hebt gehad") en de doedelzak ("Als er helemaal geen muziek meer in zit"). Ik vond het best aandoenlijk om te horen hoe mannen over hun geslachtsdeel praten. Alsof het een aparte entiteit is, met een geheel eigen wil. Misschien is dat wel de ware reden waarom ze 'm zo vaak checken. Even voelen wat-ie nog waard is. Want voor je het weet, ben je platzak.

Omaporno

Vorige week heeft Madonna met haar *Sticky and Sweet Tour* Nederland aangedaan. En daar gingen we weer met dezelfde discussie: kán het nog wel, een vijftigjarige vrouw in stoeipakjes met netkousen? Een Amerikaanse recensent schreef zelfs dat hij onpasselijk was geworden, want "de enige reden dat een vrouw van die leeftijd nog kronkelend over het podium hoort te gaan, is wanneer ze een epileptische aanval heeft". Maar ook deze krant schreef dat de show weliswaar geweldig was geweest, maar dat het geschud met het onderlijf toch wel gênant begon te worden. Nu is Madonna nooit vies van een relletje, dus ik vermoed dat ze heimelijk geniet van alle ophef over haar leeftijd. Maar waar hebben we het eigenlijk over? Vijftig is toch zeker niet bejaard? Terwijl iedereen het prima vindt dat Hugh Hefner op zijn 82e nog met een batterij Bunnies door de Playboy Mansion dartelt, worden Madonna's shows niet zelden *grannyporn* genoemd: omaporno. Maar Madonna heeft meer charisma dan twee vrouwen van 25 bij elkaar.

Vijftig is toch zeker niet bejaard?

Natuurlijk is 'Madge' bijgespijkerd; haar gezicht is duidelijk wat strakker aangedraaid. Maar dat lijf en die lenigheid koop je echt niet bij de chirurg. Daar moet je voor werken – en het lijkt wel of Madonna dat kwalijk wordt genomen. Want wat moet zo'n moeder-van-drie toch alsmaar in de sportschool? Kan ze haar jeugd niet loslaten? En wat moeten haar kinderen hier wel niet van vinden? (Nou, ik kan wel wat bedenken: "Míjn moeder is Madonna – wat doet die van jou?") Het lijkt wel of sommige mensen er moeite mee hebben dat een vrouw van vijftig nog zo fit, succesvol en uitdagend kan zijn. Dat heeft blijkbaar iets intimiderends. Want vrouwen horen hun plaats te kennen; moeten beseffen wanneer hun uiterste verkoopdatum is verstreken. Voor mannen ligt dat anders – kijk maar naar Matthijs van Nieuwkerk. Vorige week stond hij nog als een filmster op de cover van de

Varagids, compleet met coole zonnebril. Matthijs is 48, maar wordt steevast omschreven als een jonge hond: "Mannen willen hem zijn, vrouwen willen met hem zijn." Begrijp me niet verkeerd: ik vind Matthijs ook leuk. Maar Matthijs is een man. En dan kan het blijkbaar.

Prince is dit jaar ook vijftig geworden en loopt nog steeds op hooggehakte laarzen aan zijn gitaar te likken. Steven Tyler van Aerosmith is inmiddels zestig. Ook hij rockt gewoon door met z'n shirt open tot aan zijn navel, skinny leggings en cowboylaarzen. En waarom ook niet? Maar bij Madonna heet het *grannyporn*. Toen zij een collectie voor H&M had ontworpen, vroegen sommige columnisten zich af of ze niet te oud was voor dat publiek. Dat Karl Lagerfeld (die de vorige collectie had gemaakt) 71 was, werd even vergeten. In haar video *4 minutes* drukte Madonna Justin Timberlake op een uitdagende manier tegen een muur. Daar werd volop schande van gesproken. Maar dat acteurs als Al Pacino, Sean Connery en Jack Nicholson vrijscènes hebben met actrices die dertig jaar jonger zijn, vindt niemand een probleem. Volgens mij bestaat er geen blauwdruk hoe je je moet gedragen naar je leeftijd. En daarbij: de mens wordt steeds ouder. Zijn we dan langer oud, of juist langer jong? Ik denk dat Hugh Hefner het antwoord al weet.

Orgasme

Laatst schreef ik in deze column dat ik wel eens zou willen weten wat mannen denken tijdens de seks. Ik vermoedde dat het geen diepgravende emoties waren over innigheid, verstrengeling of eeuwigdurende liefde, maar meer iets in de trant van: "Ummpff!". Dat blijkt te kloppen. Maar nu de verrassing: dit geldt óók voor vrouwen. De Nederlandse wetenschapper dr. Gert Holstege van de Rijksuniversiteit Groningen heeft enige tijd geleden baanbrekend onderzoek verricht door de hersenen van mannen en vrouwen die door hun partner tot een orgasme werden gebracht met een PET-scan te observeren. (Tja mensen, íémand moet het doen.) En wat bleek? Tijdens het hoogtepunt gaat het brein tijdelijk in de slaapstand; bij vrouwen zelfs nog meer dan bij mannen. Geen wonder dat ze een orgasme in Frankrijk ook wel *le petit mort* noemen: de kleine dood. De meeste hersenfuncties springen bij het klaarkomen letterlijk op nul.

Wél blijkt er veel bloed naar het 'beloningsgebied' te stromen. Dit is hetzelfde gebied dat wordt geprikkeld wanneer heroïne- en cocaïneverslaafden hun roes beleven. Vrouwen ervaren tijdens een orgasme dus een explosieve *high* – maar geen emoties. Dat deel van de hersenen lichtte namelijk helemaal niet op. Ook het deel waar liefde en genegenheid zetelt, kreeg geen extra aandacht tijdens een seksueel hoogtepunt. Zo, daar moest ik even over nadenken. Want wacht eens even – hoe zit het dan met de innigheid, de verstrengeling, de eeuwigdurende liefde? Vrouwen, zo is ons altijd geleerd, doen toch niet aan seks zonder liefde? Dat konden wij toch niet uit elkaar houden? Nou, ons brein in elk geval wel. Voor je hersenen is het gewoon knallen, zo'n orgasme. Daar komt geen spatje romantiek bij kijken. Opvallend is trouwens dat dr. Holstege heeft ontdekt dat een neporgasme (beter bekend als de 'Meg Ryan') wél veel activiteit teweegbrengt in de

Opeens begrijp ik waarom porno-acteurs zo vaak hun sokken aanhouden

vrouwelijke hersenen. Wanneer een vrouw net doet alsof ze klaarkomt, is het emotionele deel van het brein bijzonder actief.

Ja, geen wonder. Zo'n nepperd moet je toch een beetje netjes timen. Liefst voordat het begint te schuren en zo. En als je dáár allemaal over gaat nadenken (en over de strijk, het aanstaande bezoek van je schoonmoeder, de luizencontrole op school) zit je niet meer echt in de *zone*. Want ook dat heeft dr. Holstege achterhaald: vrouwen hebben een rustige, veilige en niet-afleidende omgeving nodig om tot een hoogtepunt te kunnen komen. (Laatst op YouTube dat Engelse stel in die glazen telefooncel gezien? Vast niet háár idee.) En vrouwen willen geen koude voeten; maar dat blijkt ook voor mannen te gelden. Serieus – als het koud was in de PET-scankamer hadden veel stelletjes moeite om tot een climax te komen. Hield het koppel echter hun sokken aan, dan klom het percentage geslaagde orgasmes van vijftig naar tachtig procent. Wauw, wat heeft de wetenschap ons hiermee weer een juweeltje aangereikt. Want opeens begrijp ik waarom pornoacteurs zo vaak hun sokken aanhouden. En het biedt perspectieven voor de echtelijke sponde. Want hoeveel vrouwen gaan er niet graag met een paar lustverlagende wollen breisels naar bed? Nu kun je manlief verwijzen naar de Rijksuniversiteit Groningen. Lieve schat, het is wetenschappelijk bewezen. Vanaf vandaag zeg ik: lichten uit en sokken aan.

Van Daphne Deckers verschenen eerder:

Columnbundels
Opwaartse drukte, ISBN 978 90 4390 528 2
Decksels!, ISBN 978 90 4390 780 4
Schudden voor gebruik, ISBN 978 90 4391 104 7
Manlief, ISBN 978 90 4391 207 5

Zwangerschap, geboorte en opvoeden
De geboorte van een moeder, ISBN 978 90 4391 038 5
De geboorte van een gezin, ISBN 978 90 4391 039 2
Pedagoochelen, ISBN 978 90 4391 086 6

Kinderboeken
De verschrikkelijke ijstaart, ISBN 978 90 4390 749 1
De leeuw en de aap, ISBN 978 90 4390 947 1
Matroos in de doos, ISBN 978 90 4390 661 6
Marijn in de woestijn, ISBN 978 90 4391 031 6

Luisterboek
Opgeruimd!, ISBN 978 90 4391 015 6